合わせ鏡

Haruki Saiya

春木静哉

1st 1

合わせ鏡

もくじ

合わせ鏡

秋刀魚

秋刀魚の歌

あはれ
秋風よ
情《こころ》あらば伝へてよ
——男ありて
今日の夕餉《ゆふげ》に　ひとり
さんまを食《くら》ひて
思ひにふける　と。

さんま、さんま
そが上に青き蜜柑《みかん》の酸《す》をしたたらせて
さんまを食ふはその男がふる里のならひなり。
そのならひをあやしみなつかしみて女は
いくたびか青き蜜柑をもぎて夕餉にむかひけむ。
あはれ、人に捨てられんとする人妻と
妻にそむかれたる男と食卓にむかへば、

愛うすき父を持ちし女の児は
小さき箸《はし》をあやつりなやみつつ
父ならぬ男にさんまの腸《はら》をくれむと言ふにあらずや。

あはれ
秋風よ
汝《なれ》こそは見つらめ
世のつねならぬかの団欒《まどゐ》を。
いかに
秋風よ
いとせめて
証《あかし》せよ　かの一ときの団欒ゆめに非《あら》ずと。

あはれ
秋風よ
情《こころ》あらば伝へてよ、
夫を失はざりし妻と
父を失はざりし幼児《をさなご》とに伝へてよ

――男ありて
今日の夕餉に　ひとり
さんまを食ひて
涙をながす　と。

さんま、さんま、
さんま苦《にが》いか塩つぱいか。
そが上に熱《あつ》き涙をしたたらせて
さんまを食ふはいづこの里のならひぞや。
あはれ
げにそは問はまほしくをかし。

（佐藤春夫『我が一九二二年』）

「秋刀魚ですか……」

顧客の尾崎氏から昼食に誘われ、建物を出て表を歩きはじめると、ちょっと意外だというふうにそんな言葉が黒木氏の口を突いて出た。

「何、嫌いなの？」

ふと立ち止まり、尾崎氏が怪訝な顔を向けるので、

「いえいえ、そんなことはないです」

黒木氏はあわててこたえた。

尾崎氏は首をかしげて前を向き、歩を踏み出しながら、

「じゃあいいね、新秋刀魚だよ。昨日飲みに行ったら、今日から始めるって大将が言うものだから」

どうも昨日の夜から、今日は秋刀魚と決めていた口振りだが、昼のオフィス街にはまだ上着を脱いだサラリーマンの姿もちらほらと見え、秋と言うには少し早いようだ。

「ああ、飲み屋さんなんですね、よく行くところですか」

「そうねえ、週に一度は行くんじゃないかな」

「そうですか、なるほど、新秋刀魚ですか……」

そう言いながら、黒木氏はいまひとつ釈然としない。初物ということなのだろうが、秋刀魚ねえ……、そう心の中で呟いている。家でも秋刀魚は滅多に口にすることがない。


表通りから路地に折れ、小さなビルの一階にある店に入ると、尾崎氏はさっさと奥まで歩いてカウンターの角の席に坐り、

「大将、秋刀魚定食二つね」

焼き台に向ったまま顔をあげ、どうもと会釈する店主に向かって声をかけた。従業員があとからやって来て茶を置いていく。

黒木氏はぐるりと店内を見回した。厨房を囲った広めのカウンターのほかに、テーブル席が五つ六つ、壁面の括り付けの棚に札のかかったボトルがならんでいる。焼酎のほかにウィスキーの瓶もある。隣りの棚には日本酒のそれぞれ銘柄の違う地酒が十数本、それは店主の好みで選ばれたもののようだ。カウンターの隅には将棋盤が置いてある。

しばらくして、秋刀魚定食の膳が運ばれてきた。黒木氏は確かめるようにそれを上から眺めてみる。小鉢に葱とおかかの載った冷奴、お新香、みそ汁と漆器に盛ったごはん、素焼きの長い皿から秋刀魚の頭と尾が少しはみ出て、大根おろしの脇に半分に切った柑橘《すだち》が添えられてい

る。

「これはスダチですか」

黒木氏が訊くと、尾崎氏は深緑色の実を抓んで絞りながら、

「そう、青き蜜柑の酸《す》をしたたらせて、ってね」

「え？　何ですか」

「いや、何でもない。惑わしちゃあいけないよな。……黒木さんは、子どもはいないんだったよね」

「そう。ぼくはほとんど天涯孤独みたいなものです。親父もお袋も姉貴も十年くらい前までにみんな死んでしまいましたから。姉貴のところも子どもはいなかったし、女房も一人っ子だし、その母親が一人いるだけです、親族って呼べるのは……。だから黒木家はぼくで終わりなんですよ」

「それは寂しいと言えばさびしいけれど、考えようによっちゃあ気楽でいいかもしれないね」

「ええ、ぼくはそっちですね。気楽だなあって思いますよ」

黒木氏は屈託なく微笑を浮かべると下を向き、秋刀魚の身に箸を入れた。焼き網の痕がいく筋か窪んで黒く焦げ、その間の肉は盛りあがって、銀色の肌にこげ茶色の焼き目をつけている。脂ののったふっくらした感触が箸先から伝わってくる。

「うん、旨いね」

「ええ、旨いですね」

二人は思わず顔を見合わせた。

「ここは炭火で焼いているんだ」

尾崎氏が満足げに言い、黒木氏は箸をあやつりながら、

「尾崎さんは、お子さんもう大きいんでしょ」

「うちは娘一人で、もう二十七、いや八だったかな。彼女は版画をやっているんですよ」

「版画？」

「そう、木版画。喰えないですよ、もちろん。版画なんかじゃ。結婚もしそうにないし……。でも去年アイツの版画を使ってもらった絵本が出ましてね、喜んでましたよ」

「へえ、たいしたもんじゃないですか」

「いやいや、作品集ならあれだけど、絵本だから。でも、それで喜んでいるくらいがちょうどいいと思ってね、ぼくは」

「それは……」

「女の子だし、野心を持ってしまうとなんだか辛いじゃない。痛々しいというか」

「うーん、よくわかるな。ぼくも野心を持たないのが信条みたいなものですから」

「ハハハ、いいねえ。黒木さんらしいな」

「ね、ぼくらしいでしょ」

黒木氏はそう言うと相好を崩した。

二人はときどきそんな会話を交わしながら、しかしほとんど黙々と食べた。口の中の小骨を

舌でより分けて押し出し、箸先を唇に持ってきて器用に挟むと、皿の隅に寄せて置いたりした。箸遣いは黒木氏のほうがたくみだった。

「黒木さん、魚の喰い方うまいじゃない」

椀も小鉢も皿の上もすっかりかたづいた二人分の膳を見おろして尾崎氏が言った。二人の秋刀魚は身も皮も腸《はら》も、中骨と頭だけを残してきれいになくなっている。

「ぼくは北海道育ちですから、子どものころは魚ばっかりでね」

「へえ、そう。北海道がふる里なの。どこですか北海道の」

「湧別です」

「ユウベツ……。炭鉱町だね、たしか」

「ええ、親父は炭鉱で働いていましたから。ぼくはそこの社宅で生まれ育ったんですよ。昭和四十五年に閉山になって、それで家族四人こっちに引っ越してきたんです」

「そう、黒木さんはそのときいくつ？」

「小学六年ですね。あそこの炭鉱は三菱だったんですよ、だからあちこちの系列の工場なんかに再就職先を斡旋されたんですね、みんな。親父は船橋の電気工場になったわけ」

「あなたは、それからずっと船橋」

「そうですね。若いころちょっと名古屋にいたことはあるけど」

「名古屋」

「転勤でね、会社の寮で暮らしていたんです。一年は辛抱したんだけれど、結局辞めちゃいました、その会社」

「何、東京に帰りたかったわけ？」

「ええ、まだ独り者だったし、それにお袋も入院したりして、そのころからもうあまり調子よくなかったんです」

茶を啜りおわると尾崎氏が促して、二人は席を立った。

尾崎氏はレジで二人分の代金を支払った。


「今日の昼は、尾崎さんと秋刀魚を喰ったんだ」

「あら、アンタ秋刀魚嫌いじゃなかったの？」

家に帰ると、黒木氏は細君の千尋とそんな会話を交わした。

「べつに嫌いってわけでもないんだ。ただ子どものころのことをね、……秋刀魚なんてっていう気持ちがあるからさ」

「それは知ってるわよ。前にも聞いたことあるから。だから私はアナタ秋刀魚が嫌いなのかと思ってたわ」

「まあ、自分から積極的に喰おうとは思わないけれど、今日は新秋刀魚喰おうって尾崎さんが言うからさ。でも旨かったなあ、今日の秋刀魚は。尾崎さんにご馳走になっちゃった」

「ご馳走になったんじゃ文句言えないわよね」

「いやいや、別にそういうことじゃなくて、ホントに旨かったんだ。呑み屋っていってもちょっとした小料理屋みたいなところでね、こう……」

黒木氏は手振りで小鉢だの椀だのの形を作って膳の上を千尋に再現して見せながら、

「冷奴があって、大根おろしの横に酢橘が添えられてね、それで八百五十円。秋刀魚一匹でもちゃんと板さんが焼いて、それなりの器に盛ればそういうふうになるんだなあ。オレがガキのころなんて……」

千尋は何度も聞いた話で、もういいわという顔をしてそっぽを向いてしまう。

「オレがガキのころなんて、秋刀魚なんかバケツ一杯で百円とか、二百円とかだもんな、北海道じゃ……」

黒木氏の話はそう続くのだった。バケツ一杯の秋刀魚が片っ端から焼かれ、大皿に盛られて食卓に出てくる。ほかにおかずはない。

「それでお袋は『ほらタケシもっと喰いな』って言うんだけどさ、秋刀魚なんかいくら喰ったって三匹がいいところでしょう。家族四人じゃとても喰いきれないから、翌朝も、皿に残った冷めた秋刀魚喰わされるんだ。もううんざりだったなあ」

……そんなことを、あやしみなつかしむように黒木氏は思い返すのだった。

炭鉱の社宅は平屋の四軒長屋だった。各区にひとつずつの共同浴場が、ちょうど黒木氏の棲む長屋の前にあった。

「ヒデさんいるかい」

夕方になると風呂帰りの誰彼が、引き戸をひいてそう家内《やぬち》に声をかけてくることがしばしばあった。英夫というのが黒木氏の父親の名前である。

「おお、上がれや」

英夫が中から応ずると、玄関の上がりに洗面器を置き、みしみしと床板を鳴らして座敷に男が入って来ることもある。男たちはたいてい首に手拭いを巻いたまま、卓袱台の前にどっかりと大きく胡坐をかいた。それまでそこでテレビを見ていた小学生の黒木氏は、ペコリと頭を下げる。

「やあ、タケちゃん、元気か」

子どもに愛想を言っているうち、母親の栄子が冷えたビールとコップを持ってくる。英夫が注いだ酒を一気に飲み干すと、男は、「フー」と長い息を吐いて、首に巻いた手拭いで口の辺りから顔をひと拭きし、黒木氏の方を向いてニヤリと笑う。風呂上がりの紅潮した顔に、みるみる汗が噴き出すのを少年は不思議そうに眺めた。

栄子は夕餉の支度途中、さっさと胡瓜を刻んで三、四本の小ぶりの竹輪の穴に押し込むと、真中で二つに切ったものにもう一か所斜めに包丁を入れ、それを皿にのせて卓袱台に置きにくる。つまみはいつも竹輪胡瓜ときまっていた。

英夫と男はそれを旨そうに頬張りながら、互いのコップにビールを注ぎ合って談笑している

が、そうして飲むのも二、三本までで、夕餉の支度の整うころにはそそくさと立ち上がり、

「かあちゃん悪かったねえ、ご馳走さん」

そう台所の栄子にひと声かけ、洗面器を持って帰っていくのだ。風呂上りに黒木家へ寄る男は数人いて、みな申し合わせたようにそんなふうにふるまうのがならいになっていた。ときには数人がかち合って賑やかになることもある。母親の栄子はそれでも嫌なそぶりは見せず、開けっ放しの気性のまま愛想のいい笑顔を浮かべるのが、なぜか黒木少年を少し誇らしい気分にさせるのだった。


「まったく、ウチの男どもは二人揃って何よ、仕事もしないで、真っ昼間から酒なんか飲んで」

姉の浩子が部屋に入って来ると、呆れたようにそう言った。姉の顔は笑っているが、黒木氏は思わず首をすくめて舌を出した。

会社を辞めて名古屋から帰り、しばらくぶらぶらしている時期だった。定年退職後の英夫はつつましい隠居生活を送っている。母親の栄子は二、三日前から検査入院をしていて、男ばかりで色々不都合もあろうかと、近くに棲む浩子が様子を見がてら実家のマンションを訪れたのだ。病院へ行った帰り、自転車で足をのばしたのだという。

黒木家は船橋へ出てきてからもしばらくは社宅住いだった。今度は一軒家だが、平屋で狭く何より古かった。浩子が高校を卒業するころになって、ここから娘を嫁に出すのはいかにも不

体裁だと、英夫夫婦は思い切って近くのマンションを買って移り棲むことになった。さほど大きくもない3LDKだが、一家にとってははじめての自前の家だった。

浩子は信用金庫に就職し、数年後に上司の紹介で大蔵省に勤める官吏の男にかたづいた。その男も出身地は北海道だった。浩子は際立った器量とまではいかないが、母親に似て、どことなく男を惹きつける魅力を持っていた。

「姉貴も一杯やらないか」

台所で洗い物をしている浩子に黒木氏が声をかけると、

「バカ、主婦が昼間っから飲めるわけないでしょ。母さんも入院しているっていうのに、何てノーテンキな男たちなんだろ」

カウンターの小窓越しに吐き捨てるように言うが、目尻にも口元にも笑みが滲み出ている。英夫は、そんな浩子を黙って嬉しそうな眼で見ている。父と姉との間には何か自分にはわからない、親愛の情の流れているのを黒木氏は感じた。


それから数年後、三十を過ぎたころに黒木氏は居酒屋で知り合った同い年の女と結婚した。彼はそのころ都内の印刷会社に勤めていたが、中学時代の悪がき仲間の友人が何人かいて、そういう連中とも週末地元で飲むようなことがあった。千尋とはそんな店で知り合ったのだった。

黒木氏にとっては恋女房と言っていい細君だった。

千尋の棲んでいた小さな部屋を引き払って、二人は夫婦向けのアパートで暮らし始めた。千尋は黒木氏の友人の経営する水道工事会社に転職して、経理事務のほかに役所に提出する申請書類の作成や図面を描くような仕事もするようになり、それなりに重宝がられていた。

世の中の景気は悪くなかった。黒木夫妻は毎冬にきまったリゾートホテルを予約してスキーに出かけたが、ゲレンデもリフトも人であふれかえっていた。そのころは四輪駆動車に乗って、日帰りを含めると一シーズンに三度も四度もスキー場へ通った。子どもができなかったぶん、二人の暮らし向きには余裕があり、飲食などそこそこの贅沢も味わったあと、四十になったところで実家のマンションの近くに小さな一軒家を建てた。

母親の栄子が他界したのはそれから一年あまりのことだった。

十年くらいの間に何度か入退院を繰り返してはいたが、その間ずっと体調が悪かったというわけではなく、それなりに病と折り合いをつけているというふうに黒木氏の眼には映っていた。すぐに命にかかわるような病気ではなく、むしろ病院でちょくちょく検査を受けていたのだから、最後に末期癌を告げられたときは、いったい何のためにこれまで病院通いをしていたのか、黒木氏は騙されたような気がしたのだった。

姉の浩子の死はもっとあっけなく、唐突だった。母親が亡くなってまだ二年もたっていなかった。浩子も癌で、四十七年の短い生涯だった。

娘の死は妻の死よりも英夫には堪《こた》えたようだ。父親のあまりの落ち込みようを見て、それが黒木氏にはどこか不思議であり、また長年連れ添った母親の栄子に対しては父親が冷淡であるように思えて、何か割り切れない不愉快を感じることもあった。

ずいぶん以前のことだか、

「オレはでかい女だったらそれでよかったんだ」

酔った英夫が栄子とのなれそめについてそんなことを口にしたことがあった。そのときは黒木氏も酔っていて、

「オヤジもひでえこと言うなあ。それじゃあお袋が可哀相だ」

と、笑いながらそう返したが、それはオヤジの正直なところなのだろうと思い返すことが彼にはある。だが一方で、いや、お袋はオヤジの恋女房だったはずだと、それも疑いようのないことのような気もするのだ。

湧別の炭鉱長屋で暮らしていたころ、風呂帰りの男たちがちょくちょくあがりこんできたのは、欲得のない、温厚で気さくな英夫の人柄が好かれていたことにちがいはないのだが、もしかしたら男たちの本当の目あては栄子だったのではないかと、黒木氏自身が中年になってからは、ふとそんなふうに考えることもあった。

息子から見ても栄子の器量は悪くなかったと、黒木氏には思えるのだ。そういう思いは、きっと彼自身の嫁選びにもなにがしかの影響を与えていた。

英夫がでかい女にこだわったのは、彼自身の背丈が低いからだった。五尺二寸と英夫はよく

口にしていた。

「オレは五尺二寸しかないからな」

自嘲的にそういうのを黒木氏は何度か耳にしている。

劣等な遺伝子だけを子に引き継がぬようにと、結婚相手に英夫が考えたことなのだが、息子の黒木氏は百七十六センチの身長があるのだから、たしかにそれは父親の選択のおかげだといえるはずだった。母親の栄子は百六十センチちょっとで、その年代としては背の高い女だったに違いない。


気落ちした英夫は少し呆けてきたようだった。それはアルツハイマーのような病気というより、どこか精神的なもので、自ら辛いことを忘れようとしているように黒木氏には見えていた。

「浩子はどこへ行った。なんでアイツは来ないんだ」

息子の顔を見るたび、英夫は苛々とそう言うようになった。

「何言っているんだ。姉貴は死んだんだよ、しっかりしろよ、オヤジ」

少し強すぎるかもしれない口調で、黒木氏はそう応じた。

栄子が死んでからは、ひとり暮らしの英夫のマンションへ、浩子は毎日のようにあれこれ世話を焼きに顔を出していたのだ。父親がそういう浩子に甘えて頼りにしていたことを黒木氏はよく知っていたが、それだけに姉の死を受け容れさせなければ、父親は立ち直れないような気が彼にはした。

そんな父親をひとりマンションに残しておくわけにもいかず、黒木夫婦は何とか説得して、英夫に老人ホームへ入所してもらうことにした。

最期の一年は病院とホームを行ったり来たりだった。千尋は、昼間役所に申請書を出しに行った帰りなど、病院に立ち寄って義父を見舞うことがあった。

「お義父さん元気？　わたし、誰だかわかる？　チヒロよ」

枕元に行ってそんなふうに声をかけると、英夫はまるで歯をくいしばるように両目をぐっと閉じて、左右に首を振るのだった。お前の顔など見たくない、そう言っているみたいだと夕飯のときに千尋がこぼすと、黒木氏は苦笑いを浮かべながら、

「オレたちオヤジに嫌われちまったな」

と、ため息をついた。だから、英夫がついに不帰の客となったとき、どこかほっとした気持ちが微風のように黒木氏の心を擦りぬけたのだった。母のときは姉の浩子がいたし、姉の死はあまりに唐突だったから、この一年間の、老いた父親との関係は誰にも頼ることができなかっただけに、黒木夫婦をそれなりに圧迫していたのかもしれない。

五年間のうちにあわただしく三人の葬儀をあげ、血族を次々と失ってみると、喪失感の次に黒木氏の心に入りこんできたのはある種の諦観だった。

子のいない彼は、残された自分の人生をこれまで以上に刹那的に、軽薄に生きていこうと、どこか大真面目にそんなことを考えるようになった。

「無理をすることは何もない、気楽に生きるさ」

彼は自分自身に言い聞かせるように、そう独りごちるのだった。


英夫の七回忌のすんだころだった。

なにげなく見ていたテレビ画面に、沖縄の本島からさらに数百キロ西南にいったある小島の風景が映しだされていた。マングローブの繁る海の浅瀬に、足を投げ出して坐る二人の男が何かを語り合っている光景だった。番組の内容はよくわからなかったが、南の島のその風景が黒木氏に父親の生きていたころのある記憶をよみがえらせた。

それは黒木氏が英夫と酒を飲みながらテレビを眺めていると、やはり南国の島が画面に映って、ナレーションの中に「楽園」というコトバが流れたときのことだった。

英夫は「ふん」と鼻先で笑うと、

「オレはこんな景色見てもちっとも楽園だなんて思えねえけどな」

と、独り言のように呟いたのだった。

「戦争のことを思い出しちまうわ」

黒木氏は父親からほとんど戦争の話を聞いたことがない。いや、たまにはそんな話もしたかもしれないが、それは極めて断片的なもので黒木氏の印象に残るものではなかった。そもそも彼の年代では基礎知識が不足していて、断片的な話では実感を伴う理解は難しいのだった。

大正十四年生れの英夫は十九のときに徴兵検査を受けると、ほどなくして招集された。おそらく昭和十九年から二十年にかけてのころである。正確なことは黒木氏にはわからないが、記憶に残る父親の話から類推すると、配属地は奄美群島か八重山諸島のどこかの島のようだった。

「戦争のことを思い出しちまうわ」

と言った英夫は、こんな話を続けた。

「毎朝体操する連中がいてな、ありゃあ兵学校とか出た連中なんだな。オレたちみたいにアカガミで掻き集められたんとはやっぱり違うのさ。エリートっつうんか、何か緊張感とか雰囲気とかがさ、動きもきびきびしてな。オレは感心して見てたんだが、奴らは魚雷艇の部隊だったんだな。知ってるか？　人間魚雷だよ」

黒木氏は思わず、

「ああ、知っているよ。特攻だろう」

とこたえた。

「あいつらはみんな死んじまったんだろうなあ……」

遠くを見るような眼をして、英夫は皮肉めいた薄ら笑いを残した。

……何年も前のその表情を思い返して、黒木氏はそのときには気づかなかった、父親の人生観の一端を見たような気がした。

炭鉱で働いていた英夫は、実入りがよくても危険の伴う切羽《きりは》に立つような男ではなかった。彼は、工夫たちを採掘場へ運ぶトロッコの運転士だった。切羽で働いてこそヤマの男といった、男の見栄からは遠いところで生きていた。船橋の電機工場に移ってからも、彼は退屈な守衛室勤務を定年までつづけたのだ。

己の凡庸さをわきまえた英夫が、唯一こだわったのがでかい女だったというなら、それはどこか滑稽な話なのかもしれないが、しかしそんな父親を嗤う気に黒木氏はなれなかった。子を残せなかったことで、せっかくの父親のこだわりに応えられなかったという呵責もないわけではなかったが、そういう後ろめたさとも違うものだった。

でかい女と言ったのはオヤジの照れなのだ。オヤジはやっぱりお袋に惚れていた。黒木氏にはそう思えるのだ。そういう夫婦の情《こころ》が、ひとり残った黒木氏に伝わってくる気がするのだ。オヤジはオヤジらしく五尺二寸の身の丈の人生を全うしたのだと彼には思えた。

黒木氏の記憶の中にある湧別の四軒長屋のひとときの団欒《まどい》は、いずれなくなる黒木家のかけがえのない証《あかし》だった。

父親の七回忌から四年がたった。

尾崎氏と新秋刀魚を喰ってからしばらくすると、朝夕は少し冷え込んで、街中には秋風が吹いた。

週末、黒木氏は細君とふたりで郊外のスーパーへ買い物にでかけた。鮮魚コーナーに、広告の品と書かれた秋刀魚が発泡スチロールの箱に入れられているのを見て、千尋が立ち止った。

今が旬、脂がのっています、というポップも立てかけられている。一尾百円だった。

「秋刀魚にする？　今夜」

千尋がそうたずねた。

「うーん」

黒木氏は少し考えた。細君の焼いた秋刀魚の塩焼きが、夕餉の食卓に並ぶ図を想像した。

「いや、やめておこう」

黒木氏がそうこたえると、千尋は、

「ほら、やっぱり嫌いなんじゃない」

と、すこし不満気に言った。

「べつに、そういうわけじゃないんだ……」

千尋の尖った口を眺めながら、黒木氏は少しニヤついた顔をした。なにかおかしかった。

乳母車

乳母車

母よ——
淡くかなしきもののふるなり
紫陽花《あぢさゐ》いろのもののふるなり
はてしなき並樹のかげを
そうそうと風のふくなり

時はたそがれ
母よ　私の乳母車《うばぐるま》を押せ
泣きぬれる夕陽にむかつて
轔々《りんりん》と私の乳母車を押せ

赤い総《ふさ》ある天鵞絨《びろおど》の帽子を
つめたき額《ひたい》にかむらせよ
旅いそぐ鳥の列にも
季節は空を渡るなり

淡くかなしきもののふる
紫陽花いろのもののふる道
母よ　私は知つてゐる
この道は遠く遠くはてしない道

（三好達治『測量船』）

短いトンネルを抜けると、フロントガラスの先に朝の海が見えた。国道は緩やかにカーブして海沿いの道になり、右手の堤防の向こうに海原が広がる。弱い光の粒をはね返しながら揺らめく、あいまいな、彩度の低い色は空との区別がつきにくい。

静かな、穏やかな海だと真一は思った。

「ほら、海ですよ」

前を向いたまま、後ろに坐っている義母のチエ子に真一は声をかけた。車を運転しながらだから、老婆の表情はわからない。

「母ちゃん、わかる？　海よ」

助手席の曜子が振り返る。

「馬鹿！　どこ見てんがあ。こっちじゃなくて、あっち、あっち」

義弟の伸夫が義母の隣りで大きな声を出す。

「母ちゃん、窓の外だよ、外！　海が見えるだろ！」

「あっち、あっち！」

「なしてー……」

　不明瞭で何を言っているかわからないが、腹の底からうめくようなチエ子の声は、途中から裏返って感情的になってくる。どこか悲壮な、こみ上げてくる怒りといったふうだ。

　曜子と仲夫が語気を強めるから、チエ子は自分が叱られていると勘違いして反発しているらしい。なぜ怒るのだ、親に向かって……、きっとそう言いたいのだ。

　五十半ばを過ぎた娘と息子、八十六の母親が三人向き合って、まるで言い争っているように聞こえる。そのちくはぐさがなんだかこの家族らしいと、真一は心の中でそう思う。

「駄目だこりゃ」

　匙を投げたというふうに、曜子は前を向いた。

「何？　わからないのかな、海」

「さあ、外見ないのよ。いくら言っても」

　ルームミラーをのぞくと、チエ子は漬物石を置いたようにシートに深く躰を埋《うず》め、口をもぐもぐさせている。その後ろには、二十歳になる真一の長女が見えた。長女の隣りは柴犬のケンタの席だ。長女はイヤホーンで音楽でも聴いているのだろう。ケンタもおとなしく三列目はまるで静かだった。

　あと十五分も走れば目的の、海沿いの道の駅に着くはずだ。そうしたら義母を表に連れ出し、否も応もなくチエ子の目前に宏大な海が広がるのだと、何か悪事を画策するように、真一はそんなことを思った。

東京の近郊に暮らす真一の一家は、盂蘭盆《うらぼん》の時期に毎年曜子の実家へ帰ることにしている。長男が高校生くらいのころまでは、少し無理をして父親の威厳のようなものを振りかざし、半ば強制的に三人の子と一匹の犬を車に乗せて大移動をしたものだが、さすがに今はそんなことをする気にはなれない。今年はまん中の長女だけが、

「私は行こうかな」

と言ったのだった。

彼は、それでいいと、同伴者の少ないことにどこかほっとした。

曜子の実家は日本海から数十キロ内陸に入った、丘陵地帯の集落にあった。多い年は二メートル以上も雪の降り積もるところである。もともと米作だけの農家がほとんどで、家屋近くの小さな畑に自家で食べる少量の野菜を作っているが、年寄りばかりで米作の担い手は少なくなっている。むかし農閑期に出稼ぎで現金収入を得ていた年寄りたちは、今はつつましい年金暮らしだ。彼らの子世代で集落に残ったわずかの者は、車を運転して平場の市に勤めに出る。毎年帰るたび、一軒、二軒と人の棲む家はなくなっていく。彼がはじめて訪れた二十数年前からでも、集落の人口は半分近くに減ってしまったのではないか。

チエ子と伸夫はそんな限界を迎えつつある集落に、へばりつくようにして生きている。真一の眼にはそう映るが、それは都会で暮らす彼の家族も大差ないことだと思っている。一人一人

は勝手なことを言いながら、でもどこか寄り添うように、そう遠くないうちに溶解していくはずの家族という曖昧模糊とした枠にへばりついている。母親も含め、老いも若きも、彼も彼の妻も、みな無力で気の弱い、それでいて利己的な同じ穴の貉《むじな》というふうに彼の眼には見える。彼の家の身過ぎも、危いところで何とか成り立っているのだった。

仲夫は以前、村にひとつだけあった小さな工場で働いていたが、三、四年前に人員整理で解雇され、そのうちに工場自体も閉鎖されてしまった。以来、収入を得るための仕事を彼は何もしていない。軽い障害のある五十を過ぎた男の働き口が、過疎の村にあるはずはない。仲夫は車の免許を持っていないし、米作も父親の生きていたころ手伝いをしていた程度で、自分一人で切盛りできるほどの知識や技量はなかった。

母親のチエ子が脳梗塞の発作を起こしたのはそのころだ。仲夫が職を失って一年も経たぬころではなかったか。

チエ子はトイレから出てくると、廊下に立ったまま窓の外を見ていたのだという。小窓からは視線を落とすと隣家の畑が見え、その上を峠に向かう県道が走っている。県道の先は里山の雑木林があるだけだ。ふだんその窓から外を眺める習慣など、チエ子にはなかった。母親の後姿を見て仲夫は少し不審に思ったが、そのときは横目でやり過ごしてそのまま表に出た。家屋のすぐ横にある畑をちょっといじって、二、三十分して家の中へ戻ると、チエ子はまだ小窓の前にぼんやり佇んでいた。

「おい、そげんとこで、何してんがあ」

そう声をかけたが、どうも様子がおかしい。近づくと、チエ子は魂の抜けたようなきょとんとした面持ちのまま黙っている。

おそらく記憶が途切れて、何をしていたのか、どうすればよいのかわからずに戸惑っているのだ。伸夫のこともうまく認識できていないし、言葉も出ないようだった。

伸夫は近所に棲む、ふだんから頼りにしているヤウチの一軒に電話をして来てもらった。死んだ父親の従弟にあたる人だった。結局彼が救急車を呼び、チエ子はそのまま数十キロ離れた平場の市の総合病院に、ふた月近く入院することになった。

退院してからのチエ子は寝たきりに近い状態だった。寝間の畳の上に介護用のベッドを据え、朝になると鉤型の廊下を隔てた居間へ伸夫が抱えて連れていく。居間は和室で卓袱台の前に回転式の座椅子があり、障子を開けるとそこからは、掃出しの引き戸を透して川に架かる橋や、畑や、里山や、田圃が見える。もともと耳の遠かったチエ子はほとんどテレビを見ないから、日がな一日そこに坐ったまま外を眺め、際限なく独り言をぶつぶつ言って過ごしていた。

チエ子が退院した翌年、曜子とその夫である真一は、三度伸夫の家へいった。年に三度もというのは初めてだった。盆は三人の子とケンタを連れ、あとの二回は夫婦二人きりだった。

彼らが訪ねるとチエ子は喜んだ。曜子も、真一も、三人の孫も、それが誰であるのか認識はしているようだ。

「母ちゃん、わかる?　だれ、この人。名前は?」

曜子が耳元でそう大きな声で訊くと、チエ子は、

「あれー、まあー」

と、何度も同じ感嘆の声をあげるが、曜子の問いにはこたえない。

「わかってるんかねえ」

弟の伸夫の方を向いて曜子はそう言った。伸夫はただにやにや笑いながら黙っているので、真一が、

「わかっているさ。名前が出てこないだけだ」

そう代わりにこたえた。

チエ子の生家は川筋に沿った道を四キロ下った同じ村の、一番大きな集落に今もある。村の中では町場といったところだ。そこは街道筋で、数年前まで村で唯一だった信号機は、ちょうどその家の前だった。むかしは一里下りただけでも、暮らし向きはずいぶん違ったようである。父親は大工で、田畑も少し持っていたが小作を使っていたのかもしれない。チエ子の夫になる政夫の集落では、子どももそれなりの労働力だったし、地主の子でもない限り、みな小学校の高等科で終わりなのだが、チエ子の少女時代はほとんど野良仕事を手伝わされることもなく、そのうえ女学校まで出してもらっている。チエ子の家がその集落の中で、特に裕福だったというわけではない。

彼女を政夫に嫁がせたのは、のちに村の助役になる役場勤めのやり手の男で、その男の家

は政夫のヤヽウヽチヽだった。当時チエ子は、東京の遠縁にあたる歯科医の家に住み込んで手伝いのようなことをしていたが、それをわざわざ呼び戻してのことである。チエ子の両親は、町場育ちの娘に農家の女房が務まるものだろうかと心配したが、話を進めるやり手の男は、政夫を苦労人で真面目な男だ、何、百姓など誰でもできる、心配はないと押し切ったのだ。昭和二十八、九年あたりの話だから、チエ子は二十五歳くらいか。当時の田舎では晩婚の方だったのかもしれない。

実際、政夫は苦労人だった。父親は彼が五歳のときに肺病を患って不帰の客となり、その二週間後には祖父も同じ病であとを追うように他界した。男がいっぺんに二人いなくなったのである。残ったのは政夫の母と、祖母と、三つ歳上の姉だけだった。農家に男手がないのはかなりの痛手だったはずだ。時代は、日本がいよいよ中国との戦争へ突入していくころだった。

政夫の母親は勝気な女だった。因習の強い集落の中で、他家に訾められてはならぬと、本家の後ろ盾を得ながら肩肘を張って気丈に生き、男のいない家を守った。

チエ子の嫁いだ家を牛耳っていたのは、そんな政夫の強い母親だった。結婚した当初、チエ子は何度も泣きながら四キロの道を歩いて実家に戻ることがあったという。そのたびに政夫は母親に言いつけられて迎えに行き、チエ子をなだめて連れ帰るのだった。

……そんな話を真一は曜子から聞いたことがあるが、はじめて会ったとき、すでに還暦を過ぎていたチエ子は、おっとりとした、いかにも農家の、田畑に根を下ろした女という印象を彼に与えた。好奇心は乏しく、ごく狭い世間の単調な暮らしに満足を得、変化を厭《いと》う臆病な性分というのが見て取れる気がした。その性格は幾分曜子が受け継いでおり、曜子を見ていると、チエ子の心情がわかるというようなことも彼にはあった。曜子には、できるだけ自我を殺して相手に沿おうとするかわり、その分やさしく扱われたいと願う受身の姿勢があった。

今のチエ子は、三度の食事を赤子のように、伸夫からスプーンで食べさせてもらっている。一日坐ったままの生活なのに、案外しっかりした食欲だった。トイレもその都度伸夫が抱えるようにして連れていく。伸夫の介護には無骨なところもあるが、その甲斐甲斐しさには頭が下がると真一はこの家に来るたびに思う。チエ子と伸夫のそんな生活は、もう二年以上も続いているのだった。チエ子の容体は言葉がだんだん不明瞭になり、何を言っているのかほとんどわからなくなったが、それ以外はあまり変わっていないように見えた。チエ子からは、生きる気力というものがまだ滲み出ていた。

伸夫は幼いころから耳が悪く、補聴器を使っている。五十数年前の田舎のことだから、医師の診断など詳しいことはおそらく誰もよくわからないのだろうし、曜子もあまり口にしたがらない。ただ一度だけ、こんな話を真一にしたことがある。

チエ子も政夫も日中はほとんど田圃に出ていたから、嬰児はつぐらと呼ばれる篭に入れられたまま家に放置されることが多かった。残って面倒をみるはずの政夫の母親が、なぜかそのころ家を空けてばかりで、伸夫はいつも、ひとりでずっと篭の中で泣いていたらしい。その涙が頬を伝って耳の中にたまり、それが原因で炎症を起こし難聴になったというのだ。

だが、むかしは農家での赤子の扱いはみなそんなだったはずで、つぐらというのも、そもそもそういう用途で作られた道具であるのだから、仲夫だけがなぜそうなったのか、そのとき二歳だった曜子や、さらに三つ歳上の姉はどこにいたのか、曜子の話ではよくわからない。そういえば、そのつぐらなのだろう、藁で編んだような篭の中で、丸々と太った赤子が、ふてぶてしいほど元気な顔つきで写っている写真を彼はこの家で見たことがあるが、それは嬰児のころの曜子だという話だった。

川筋に沿った道を一キロくらい上ったところにある、曜子や仲夫の通っていた村の中学校では、当時、試験のたびに全校生徒の成績の順位を廊下に貼り出していた。曜子が中学三年のとき、一年生だった仲夫はいつも最下位だった。

「わたしノブが可哀相でねえ。なんでこんなもの貼り出すんだろうって、いつもそう思ってたの」

十数年前、曜子の実家がまだ建て替えられる以前、築百数十年という中門造りの古い家で、深夜、居間で茶を啜りながら曜子が姉とそんな話をしているのを、暑さで寝付かれない座敷の蒲団の上で真一は聞いたことがある。

「へえ、アンタそんなふうに思っていたんだ。でも曜子は上の方だったでしょう」

「わたし？　どうだったかなあ」

「やさしいんだねエ。曜子は」

義姉がそう言うと、柱時計がボーン、ボーンと二回鳴った。その家には網戸がなく、夜は縁側のガラス戸がすべて締め切られるから、家の中はかなり暑かった。仏壇の灯籠が色のついた光をゆっくりと回転させる中、座敷の扇風機が唸るような音を立てて、生ぬるい空気を掻きまわしていた。厠の臭いが、蚊やり線香の煙に混じって、温気《うんき》の底を漂っていた。

中門と呼ばれる、母屋から突き出た玄関の引き戸の内側は土間で、厠はその隅にあった。だから用足しに行くには、でいという畳の部屋から、一段低い広い板の間に下り、そこから履物をはかなくてはいけない。むかしはその板の間も土間だったはずで、そこにうまやがあるのがこの地方の民家の造りなのだ。その土間のちょうど厠と玄関の上に、仲夫の部屋が改築して造られていた。薄暗い板の間の端から、短い梯子段を上った取っ付きに扉があるのだが、真一はある種の好奇心を抱いたまま、一度もその部屋の内部を見ることはなかった。仲夫は照明を消さずに寝るらしく、部屋の窓からはカーテン越しに朝まで明かりが洩れ、大音量のテレビの音が一晩中聞こえていた。

真一は、曜子の父親とは酒を飲みながらよく話をしたが、仲夫と会話を交わすことは、ほとんどなかった。

ふだん無口な仲夫は、癇癪を起こして大きな声を出すことがしばしばあった。それは母親のチエ子や、曜子や、その上の姉といった身内の弱い者に向けてである。気の弱い仲夫は馴れない他人と話をするとき、少し吃りながら自信なさ気に必要最小限の受け応えしかしないし、法事などで久しぶりに顔を合わせた親類縁者が歓談をしていると、姿勢を崩さずひとり薄っすら笑みを浮かべたまま端の席で黙っている。誰かが水を向けても、滅多に口を開かない。それでいて退屈だというふうでもなく、それなりに興味を持って人の話は聞いているようだった。

死んだ父親の政夫はせっかちで働き者だった。真一が盆に訪れているようなときでも、居間にどっかり坐ってテレビを見ているなどということは決してなく、いつもせわしなく立ち働いていた。どこかへ出かけるようなとき、そそくさと身支度をしながら、妻のチエ子に何か出すように言いつけたりするが、チエ子はおっとりとして動作が遅いうえ、耳が遠いのでさんざん時間をかけて見当違いの物を政夫の前に持ってくるようなことがある。すると政夫は苛々とした口調で、

「馬鹿！　なしてそんげんなが持ってくるが」

と怒鳴りつける。チエ子がもたもた、

「はあ？　何がほしいんだね」

と何度も聞き返しているうち、

「もういいわ、この役立たず」

と詰《なじ》ったあと、

「ツンボが！」

と捨て台詞を投げつけるのを、真一は何度か耳にしているが、伸夫がそういう父親を真似て

同じことをチエ子に言ったことがあった。おそらく仲夫が何かチエ子にたのんで、よく聞こえないチエ子が何度も聞き返すかしたのだろう。そのとき、そこに居合わせた曜子が、「馬鹿！　ツンボは自分だろ、ツンボが母親をツンボと詰《なじ》ってどうするね」とチエ子を擁護して言い返すのを離れたところで聞いていた真一は、思わず吹き出したくなった。

悪意や憎しみはないのだが、以前から、ことごとに罵声の絶えない家だった。父親が死んでからは、仲夫は前よりも母親のチエ子を怒鳴りつけることが多くなった。「この、馬鹿！」と言うのが仲夫の口癖だったが、そういえばそれは父親の政夫の口癖でもあったような気が、真一にはした。仲夫に罵られるチエ子も、一回二回は聞き流しても、三度となると黙ってはいなかった。夫に言われていたころは耐えていた言葉も、息子の仲夫が口にするとさすがに看過できぬようだった。親に向かって何を言う、それがチエ子の極まり文句で、そればかりを何度もくり返した。おそらく彼女にはそれ以外に対抗し得る言葉が見当たらないのだ。一方、仲夫は「この、馬鹿！」の一点張りだ。

そんな仲夫とチエ子のちぐはぐな親子喧嘩は聞き苦しくはあったが、どこか滑稽で、これはこれでこの家族の馴れ合いなのかもしれないと真一は思った。

チエ子が病にかかる前だったか後だったか、夜遅く仲夫が階下でいつまでも怒鳴り散らすことがあった。盆に帰省した者たちも含めて同窓会のようなものがあったらしく、誰かに車で送り届けてもらい家に上がってすぐのことだった。

真一は上の部屋の蒲団に寝ころんで本を読みながら、そろそろ寝に就こうと思っていたところで、三人の子どもたちはまだ下の居間でテレビを見ていたようだ。傍若無人の怒声が響く中、

「ほら、あんたたちはもう上行って寝なさい」

と、曜子の子どもたちを急きたてる声が聞こえた。

ほどなくして、子どもたちはみしみしと階段の踏み板を鳴らして彼のいる部屋へ上がってきた。六畳間に敷けるだけ蒲団を並べての雑魚寝である。

階下では、

「どうしたがあ」

と、曜子がなだめる傍ら、伸夫が家中に響きわたる大声で悪態をついている。酔って呂律が回らぬうえ、興奮して方言が強くなっているから何を言っているのか真一にはわからないが、曜子に対して怒っているのではないことは確かだった。

おそらく同窓会の席では、法事のときのように借りてきた猫然と薄ら笑いを浮かべたまま黙っていたのだろう。五十を過ぎた者たちの集まりだから、そう露骨にからかうようなことはなかっただろうが、酔いが回ってむかし話に尾鰭がつけば、伸夫には気に障る話もきっと多かったに違いない。伸夫が表情を変えぬものだから、少し話がえげつなくなったのかもしれない。それでも彼は何も言わずじっと耐えていた。その怒りが、堰を切って怒涛のごとくあふれ出すという感じだった。それは外でいじめられて帰って来た子どもが、母親の顔を見るなり火がついたように泣き出すのとどこか似ていた。

曜子はしきりに「そうだねえ、そうだねえ」と相槌を打ち、そんなことは気にすることはない、言いたい奴には言わせておけばいいじゃないか、などとそれなりに親身に、なかなか気の治まらない伸夫をなだめているのだった。

真一は、気圧されているのか、あきれ返っているのか、息を殺して黙っている三人の子に背を向けたまま、もう眠りに就こうと目を閉じ、階下の声を聞くともなく聞いていた。

曜子の物言いの端々には、伸夫を不憫に思う情《こころ》がのぞいていた。


曜子の実家へ帰ると、彼は曜子を連れ、海に近い平場の市に一度か二度買い出しに行く。子どもたちが三人そろって来ていたころは、山の中の細い道を抜けて隣り村のスキー場のリゾートホテルにも毎年行った。ホテルのロビーで下手くそな卓球をやり、ゲームセンターで遊んでから昼飯を食って、近くの施設で温泉に浸かって休むというのが、だいたいその日の過ごし方だった。そのほかに、気の向いた者だけで、行先を決めずにドライブへ出かけることもあった。

今年は子どもが長女一人きりなので、スキー場のホテルへもドライブにも出かけずにいた。なんとなく無駄に時間を過ごしている気がして、ふと、チエ子をどこかへ連れて行こうと真一は思いついたのだった。

「お義母さんを連れてどこかへ行かないか」

彼は曜子に切りだした。

「大丈夫かなあ？」

「大丈夫だろう、近くなら。少し刺激になるさ」

「そう、どこかって、どこ？」

「そうだなあ、海がいいだろう」

彼は、何度か行ったことのある、日本海沿いの道の駅の名を言った。チエ子は滅多に海を見ない筈だ。義父の政夫が死んでもう十年になるが、少なくともこの十年、チエ子に海を見る機会があったとは思えない。

「そうね……」

曜子は少し乗り気になったようだった。年に一度だけの帰省だから、これが最後の機会になるかもしれないという思いは、きっと彼女にもある。

翌日の十五日は、峠を越えた隣り村の菩提寺から住職が経をあげに来る日で、だいたい十時ごろと毎年決まっている。彼は午後からと思ったが、あいにく午後は、週に一度チエ子の入浴サービスにヘルパーの来る曜日だそうで、伸夫はそのあと、年に数度東京から帰ってくる本家に盆礼の挨拶に行くつもりだという話だ。

「じゃあ、明後日だな」

「明後日？」

その日は彼らが帰る日で、道路が混まぬ朝のうちに出発するのが例年のならいだったが、

「朝早く出よう。飯は食わないで。できれば六時前に……」

朝のうちなら、道の駅まで往復三時間で帰ってこられるはずだ。チエ子と伸夫を降ろしてそのまま家に上がらずに出れば、あとはゆっくり休み休み走っても夕方前に東京の家に着くだろうと、彼は曜子に説明した。

「伸ちゃん、いいですか？」

真一が計画を話すと、案外素直に、いいと伸夫はこたえた。

五時前に起きてケンタの散歩から彼が帰ってくるころには、曜子と伸夫はだいたい支度をすませていた。彼は伸夫にことわって、玄関に置いてあった車椅子をリアゲートと三列目のシートとの間に積み込んだ。

隣りで伸夫が躰を支えているが、チエ子は手すりを持ちながら、自分の脚で玄関から通りにでる十数段の階段を下りて来た。

「やればそれなりにできることも、なんだかんだ言って、けっこう甘えているんだよね」

いつか義姉がそう言っていたのを真一は思い出した。

夫の政夫はせっかちな働き者だったから、愚図なチエ子は始終叱られてばかりで、優しく接してもらえることがあまりなかった。今は赤子のように扱われ、三度の食事を息子の伸夫にスプーンで食べさせてもらっている。そんなことに満足し、チエ子は人生の帳尻を合わせようとしているのかもしれない。彼女の生きる気力というものも、案外そんなところからきているのかもしれないと、真一はそんなふうに感ずることもあった。

伸夫は今でも母親のチエ子に対して大きな声を出すことがあったが、それでも毎日毎日甲斐甲斐しくチエ子の介護を続けている。それは決して自分には真似のできないことだと、真一はいつも感心させられるのだった。

道の駅に着いて外へ出ると、海を臨む開けた駐車場はほとんど無風で、穏やかないい日和だった。まだ七時を過ぎたばかりだから、車は何台かぽつりぽつりと停まっているだけで、人の姿もまばらだ。

二人がかりでチエ子を車椅子へ移すと、伸夫は当然のようにそれを押して先に歩き出した。なぜか、気が急《せ》いているふうに信夫は母を押して海へ向かっていく。真一は娘からケンタのリードを受けとり、伸夫のあとを追うように歩いた。

駐車場を抜けたところで、堤防の手前の広場にでた。広場には芝生が敷きつめられ、インターロッキングを埋めた小径《こみち》が、海岸線に平行してかなり先まで続いている。もう海は目の前なのに、不思議と潮の薫りはしない。小径の先に聳《そび》える風力発電の鉄塔についた、巨大な三枚の羽根は止まったままだ。

それにしても静かな海だと真一は思った。こんな穏かな日本海を見るのは初めてだった。弱い光をはね返す海面の色は彩度が低く、はるか沖に浮かぶ船は見えても、その向うの空との境界はまるであいまいだ。淡くかなしいもの、紫陽花いろのもののふりつもった、点描画のような海だった。

曜子がカメラを構えるたび、伸夫はぷいと横を向くように顔を背けた。伸夫は写真を撮られるのが嫌いだった。チエ子の顔にあまり表情はないが、車の中にいたときよりは和《なご》んでいるように見えた。いつもは際限なく独り言を言っているのに、車椅子に坐ったチエ子は、さっきからずっと黙っている。チエ子は海を感じているのだと、真一は思った。

彼はケンタのリードを持ったままベンチに坐り、海を眺めながら煙草を吸った。ときどき、手首に掛かるリードの輪が彼の手を引いた。その先に眼を移すと、ケンタは芝生の地面に鼻を押しつけ、しきりに匂いを嗅いで回っている。

「おい、ケンタ海だぞ」

そう声をかけてからリードを引き寄せ、ケンタのツンと立った耳に彼は頬をなすりつけた。ケンタは薄いベージュ色の犬だが、頭の両側から上に突き出た耳だけが赤茶色をしている。そこは初毛のような柔らかで短い毛が密集していて、頬で触れると天鵞絨《びろおど》のような肌ざわりだった。

ふと気づくと、伸夫は小径のかなり先までチエ子を押していた。そのずっと手前に、曜子と長女の後姿が並んで見える。

伸夫が押しているのは、車椅子ではなく乳母車なのだと真一は思った。その乳母車には赤子のチエ子が乗っている。

真一はある詩人の、ある詩を思い浮かべている。伸夫たちのいる小径の両側にあるはずのない並樹が浮かび上がって、そこを一陣の風が吹き抜けた気がした。伸夫はチエ子を乗せた乳母車をどこまでも押していく。

「轔々《りんりん》と押せ」

真一は心の中でそうつぶやいた。

仲夫の進む先に、泣きぬれる夕陽が見えた。真一には、仲夫の乳母車を押すその小径が、遠く遠くはてしない道のように思えた。

悲しみ

汚れつちまつた悲しみに……

汚れつちまつた悲しみに
今日も小雪の降りかかる
汚れつちまつた悲しみに
今日も風さえ吹きすぎる

汚れつちまつた悲しみは
たとえば狐の革裘《かはごろも》
汚れつちまつた悲しみは
小雪のかかつてちぢこまる

53　悲しみ

汚れつちまつた悲しみは
なにのぞむなくねがうなく
汚れつちまつた悲しみは
倦怠《けだい》のうちに死を夢む

汚れつちまつた悲しみに
いたいたしくも怖気づき
汚れつちまつた悲しみに
なすところもなく日は暮れる……

（中原中也『山羊の歌』）

一

家の前の通りで、また猫が車に轢かれて死んだ。ほんの二週間前に、同じ場所で、同じことがあったばかりだ。師走のあわただしいころのことだった。

前の事故は曜子が夜、犬の散歩に行こうと門を出て隣りの空き地に倒れているのを見つけたのだ。電信柱の陰から道路を渡ろうとしてはね飛ばされたらしい。轢かれたのはキュウちゃんという三毛猫だった。

二匹目は西洋猫のように毛足の長い、白とベージュの斑模様で、曜子と真一はキティーちゃんと呼んでいた。その遺体を最初に目にしたのも曜子で、夜、酔った真一を駅まで迎えに行くのに、車を出そうとして気づいたのだ。前と同じ電信柱の脇の舗装路に、手足を投げ出すように伸ばし、血を吐いて死んでいた。その猫も通りを渡ろうとしたのだろうか。街燈の弱い光の下だが、毛足が長かったから、キティーだとすぐにわかったそうだ。

立て続けのことで、曜子はきっと深いため息をついたに違いない。

キュウもキティーも野良猫だが、裏庭のテラスで息子の亮太が餌付けをしていた猫だった。どちらの事故のあった夜も、亮太はいつもと同じように六、七匹の猫に餌を与え、死んだ猫もそこにいたというから、食事を終えて満足し、通りを渡ろうとして車に轢かれたということなのだろう。その二匹はまだ一歳にもなっていなかった。

キーとシッポと、死んだキュウとキティーは一緒に生まれた兄弟で、そろって庭木に登ったり、じゃれ合ったり、四匹折り重なるように寝転んで日向ぼっこをしているのを、真一も裏庭でよく見かけたものだった。

曜子が先に死んだキューの遺骸を段ボール箱に入れて門の内側へ置くと、キーとシッポとキティーの兄弟がやってきて、箱の中のキューを覗きこんだそうだ。

亮太は箱の前に黙ってしゃがみこんだまま、顔半分が潰れたキューをいつまでも見ていたという。

二匹目のキティーの轢かれた夜は小雨が降っていた。遺骸を入れた箱は一晩屋根のある玄関ポーチに置き、翌朝、二階のバルコニーのプランターに咲き残っていた粗末な花を、何本か切ってその中へ入れた。そんなことや市役所への電話などは、みな曜子がやってくれた。

それからも、残されたキーとシッポの兄弟は、テラスの物置の上の簀子《すのこ》に躰を寄せ合うように寝そべって、気持ちよさそうに昼寝をしていることがあった。その二匹は、真一にもなついていた。真一はリビングの掃出しのガラス戸を少し引いて手を伸ばし、二匹を交互に撫でなが

ら、
「オマエラ二匹になっちまったな、仲良く助け合っていくんだぞ。車に気を付けてな」
と、声をかけた。

亮太は二年生までは真面目に大学へ通っていた。ところが、三年に上がるときに講義の履修エントリーをすべてすっぽかして家に引きこもり、夏が終わると退学届を大学へ提出した。真一の知り合いの関係で、九月から十月にかけて少し短期のアルバイトをしたが、その後はほとんど家の中に引きこもったまま、社会や他人とは一切かかわらずに過ごしている。

亮太から見ると、一家は祖母、曜子と真一の両親、年子の妹、四つ下の弟という家族構成になる。三兄弟はそれぞれ自身のことだけで精一杯なのは真一にもわかる。簀子の上で仲良く寝そべっている猫のようにはいかないだろう。

亮太は家族の誰とも、ほとんど口を利かなくなった。もう一年以上床屋へ行っていないから、黒々とした硬い癖毛が伸び、いかにも精彩のない表情をいっそう陰鬱に見せた。人と会話を交わしていないとそうなるものなのか、たまに聞く声は以前よりもずっと小さく、ほとんど聞き取れぬほどだ。

真一には亮太が、いたいたしく怖気《おじけ》づいているように見えた。そんなふうになってから、もう二年近くがたっていた。

亮太の部屋には猫が六匹いる。もともとは野良猫を二匹部屋の中へ入れて飼い始めたのが、その二匹が避妊手術をする前に夫婦になって子を産んだのだ。生まれた四匹の仔猫を、亮太はどれも手放そうとしない。

家には犬が放し飼いにされているから、六匹の猫は亮太の狭い部屋の中に閉じこめられて暮らしている。どの猫も気が弱く、曜子や真一がドアを開けて覗くと、みなすっと離れて警戒し、いかにも胡散臭いという目でじっとこちらをうかがっている。親しみを込めて声をかけ、ちょっと触らせてもらおうと慎重に手を出すのだが、どの猫もさっと逃げてしまう。

真一も曜子も、亮太が飼っている家猫からはまるで信用されていなかった。

その猫たちは爪とぎに壁をガリガリやるので、剝ぎ取られた壁紙の小さな屑が、どうだとばかり部屋中に散乱していた。亮太は毎日それをホウキで掃き集めて掃除をするが、相手は六匹だから半日もたたぬうちすぐに屑だらけになってしまう。トイレは部屋に二つ置いてあって、こまめに糞をすくいとりビニール袋に入れて処理をしているようだ。それでも、亮太の部屋のドアを開けると糞尿と猫の臭いが鼻を突くのだった。

亮太はまた、部屋の中のこまごましたものを、ゴミとして階段のあがりはなのホールへ出してくる。猫たちが引っ掻き回して散らかしてしまうからなのだろう。大学に通っていたときのテキストやノートやバインダー、子どものころに見ていた図鑑や本、文房具、ちょっとした飾りの小物や洋服を掛けるためのハンガーラックなども出して、部屋の中はどんどん殺風景になっていく。どこか投げやりに、そんなものはもう不要だと言っているように見える。亮太のデスクにはコンピューターが一台載っているだけになった。携帯電話も電源を切ったまま、使っている様子はない。玄関のインターホンも家の固定電話も、亮太は決して取らなかった。

裏庭のテラスで餌を食べる猫は全部で十匹くらいいるが、どの猫もいつも必ずやって来るというわけではない。亮太のほかにも、野良猫に餌を与えるような人間はいくらでもいるらしい。毎日見ていた猫がふっつり来なくなり、一、二週間たってまたやって来るとか、今までめったに目にしなかった猫が連日姿を見せるようになったり、もともとびとびで気まぐれな猫など、いろいろだった。いつも単独行動をしている一匹狼ふうの猫もいれば、ゆるやかなグループを作っているもの、仔猫同士は一日ずっとつるんでいるのが多いようだ。行動パターンもけっこう流動的で、発情期になると一変したりする。また、界隈で幅を利かせているボス猫の覇権争いなどもあり、野良猫社会もなかなか複雑だ。

亮太は夜になるとポケットに缶詰をしのばせて散歩に出かけ、夜陰に乗じてその辺でも猫に餌をやっている。テラスに来る猫の中には、そんな亮太の散歩について行くのもいるそうだから、子分の猫を引き連れての夜の散歩となるわけだ。

家猫、テラス猫、近所の野良猫を合わせると二十匹くらいの相手をしていることになる。それが亮太にとって、唯一目下の世間なのだった。

二

「ええ、ぼくなんかは……。嫌なことするなと思いますよ」

真一は意表を突かれた気がした。これまでにも何人かに同じ話をした記憶があるが、こんな反応は初めてだ。

テーブルの置時計を見ながら、最後に真一が持ち出した話題だった。まもなく約束の九十分になるところだ。

「小学校に入って一番初めの授業参観だったんですが、今思い返すとね、それが最初だったと思うんですよ。息子のつまづきを感じたのは……」

そう切り出すと、佐々井さんはほうっという顔をした。

……担任は、真一や曜子より少し年輩の女性教師だった。

授業が始まるとすぐ、彼女は机の上のタンバリンを手に取って前にでてきた。

「さあ皆さん起立しましょう」

そう子どもたちを席から立たせ、

「先生がこう……」

彼女は指先の腹で軽くタンバリンの皮を二度たたいて、一番前の子どもの前まで歩んでくる
「え？　嫌……」

「嫌ですね」

と、さあというふうに両腕を広げた。タンバリンの縁の、小さなシンバルが鈴のようにチャリンと鳴る。

「こうしたら自分の好きな食べ物を言いましょうね。私が皆さんのところを回りますから。後ろに立っていらっしゃるお父さん、お母さんにも聞きに行きますよ」

彼女はことさらに屈託のない笑顔を作り、

「じゃあ、先生から……」

トントン、

「リンゴ」

そう言うと、そのまま続けてタンバリンをたたき、教室の中を回り始めた。トントン、ミカン、トントン、メロン、トントン、バナナ……、子どもたちが口にするのは果物か野菜ばかりだった。うまくリズムに乗れなかったり、緊張して少し戸惑う子もいたが、困ったら前の子の言ったものをとっさに繰り返すというふうにして先に進む。

やがて亮太の前に教師が来た。

トントン、……。

亮太は黙ったまま答えない。

「何が好きなの？」

「……」

亮太は口を開かない。少し首をひねり、はにかむような曖昧な笑みを浮かべた。四十人近い子どもたちと、教室を囲むように立っている親たちの間に固唾をのむような空気がふっと流れる。ばつの悪い静寂の中で亮太は困り果てたというふうに、もじもじしていた。

「思いつかないかな？　じゃあ、後でもう一度聞くから考えておいてね」

教師は亮太の前を離れ、気を取り直すようにタンバリンをたたいて隣りの子どもの前に移った。

……その話をしたのだが、真一が話し始めるとすぐに、

「嫌ですね」

と、佐々井さんは眉間に皺をよせるようにして言ったのだった。

「先生はきっと場を和《なご》ませようと思ったんですよ」

「それはわかりますよ。でも嫌ですね、ぼくは」

佐々井さんはそれまでの温厚な話し方とは変わって、落ち着いた口調だがきっぱりと言った。


佐々井さんの部屋を出てから、駅前のコーヒーショップに真一と曜子は寄った。その駅はロータリーの上が広場になって、周りのビルの二階と駅の改札口のあるコンコースをつないでいる。一つのビルの外壁から布製の庇が張りだして、広場の一部がその店のテラス席になっていた。

二人はそこに坐ってアイスコーヒーを飲んだ。午後四時過ぎの初秋の陽は柔らかだった。

亮太が大学に退学届を出してちょうど一年だ。

「見かけがごついから最初ちょっとびっくりしたけど、優しい喋り方するわね、佐々井さん」

一息つくと、曜子はそう口を開いた。どちらかと言えば朴訥という印象を与える人柄だと真一は思った。ただ、それは話を聞き出すためのテクニックなのかもしれない。おそらく四十代だろう、少し抑え気味の声で、ゆっくりと言葉を選ぶように話す。どこかストイックな修行僧のような雰囲気でもあり、真一は自分とはずいぶん違う気質を感じた。こういう人なら、亮太も少しは心を開くかもしれない、そんな気もした。

「でも素直に行くかしらね、亮太……」

「どうかな」

難しいだろうなと、真一は思った。

数週間後、頃合いを見計らって真一は話を切り出したが、案の定亮太は嫌だと言った。亮太は一度決めたら梃子《てこ》でも動かない。それは子どもの頃からのことだから、よくわかっている。

真一は、言いたいことをすべて呑み込んだ。

一週間くらいしてから、佐々井さんにメールを打った。予想していたことだがやはり息子は行きたくないと拒絶している。もう一度妻と伺うので話を聞いてほしいと書いた。最初のカウンセリングからひと月以上たっていた。

駅前広場から階段を下りて少し広い通りを渡ると、すぐに住宅街になった。そこから五分足らずの三階建のアパートの外階段を上まで上る。

一番手前が、佐々井さんが仕事に使っている部屋だった。

「どうされたか、気になっていたんですよ」

佐々井さんはマグカップに淹れたお茶をテーブルに置きながらそう言った。

狭い部屋の隅にある、不動明王を現代風にアレンジした木像が、あいかわらず脈絡もなく不釣り合いに見えた。前に訪ねたとき、その木彫に視線を向けていた真一に、

「気になりますか？　これは恩師からの贈り物でして」

と、佐々井さんは少しばつが悪そうに、

「ときどき誤解される方がいて、ちょっと困ることもあるんですが……」

と言ったのだった。

佐々井さんの修行僧の印象は、この木像から連想されたのかもしれないと、真一はふと思った。

少し話してから、

「私が手紙を書いて、それを渡していただくというのはどうでしょう？」

と、佐々井さんが静かな口調で提案した。

真一も曜子も、それにすがるしかなかった。

三

年が明け二月になった。底冷えのする週末の夕方近く、真一は二階のバルコニーのベンチに腰を下ろしていた。腰壁に沿っていくつか並んだフラワープランターの土の上に、数日前に降った雪が薄っすらと残っている。昨年の暮れにはまだ、夏に植えた花がわずかに咲き残っていて、死んだキティーに何本か切って手向けたのだが、さすがにこの時期、もう花はない。様々な形の葉や背丈の違う茎、枯れた細い枝などが、小雪のかかった土の上でちぢこまっていた。

小さなジョウロが一つ、テーブルの上にのっている。

佐々井さんとは十月、二度目に会ってからそれきりになっていた。曜子が佐々井さんの手紙を渡したのだが、亮太はそれを開きもしなかったそうだ。

真一と曜子は口をつぐんだまま、互いにそれ以上そのことに触れることはなかった。

「子どものころの息子は図鑑が好きでしてね、虫の図鑑をよく見ていたころは一緒に虫捕りをしたり、鳥に熱中していると、単眼鏡を買ってきてバードウォッチングに行ったりもしたんですけれどね……」

一回目の相談のときだったか、真一はもう忘れかけていたそんなむかしの話を思い出しながらしたのだが、佐々井さんはちょっと皮肉な笑みを浮かべて、

「ああ、親の方が熱心になっちゃうんですよね」

とこたえてから、

「おそらくですけれどね、息子さん、亮太君ですが、彼にとってはすべてやらされていたという感覚なのではないでしょうか。親に限らず大人は彼のためにと思っているのですが、実は本人にとってはいつもやらされているという感覚……」

そういう不満が亮太の裡《うち》に堆積して、彼は無言のまま心を閉ざしてしまっているのだろう。別に誰が悪いというわけではないんですよ、仕方ないことだったのかもしれないんですが……、佐々井さんはそう前置きして、

「これはぼくのイメージなんですけれど、ようやく顔を出したまだ弱々しい小さな芽をね、誰かが気づいて大事に育ててあげるということができなかった、そういう気がするんです。発達障害とかいうことも、あまり考えても意味がないと思うんですよ。たしかに亮太君は少し変わっているかもしれないけれど、そういう性格なんだという捉え方をするべきで、大切なのはこれからでも遅くない、じっくりと彼の小さな芽を探しあてて、それをしっかり育てられるように手助けをしてあげられればとぼくは思うんです。ですから、なんとか亮太君がここに来てくれる気になってくれるといいんですが……」

佐々井さんは、時間はかかると思いますがじっくりと、というようなことを繰り返し、「小さな芽」というコトバも何度か口にしたと思う。


フラワープランターに花を植えたのは昨年の夏だった。

紙を固めた猫のトイレ用の砂だとか、ペットフードなどを買いに、亮太を連れ近所のホームセンターへ毎週末行っているのだが、店の外で色とりどりに咲いている花が、その日、真一の眼にとまったのだ。夏の強い日差しを受けた花々は、まばゆく色鮮やかに見えた。

　ふと思いついて、

「あとで買っていこうよ」

と、曜子に声をかけたのだった。

　店内の買い物がすんで、袋を下げたまま退屈そうに突っ立っている亮太をよそに、真一と曜子は二人で花の苗を次々に籠の中へ入れていった。真一には草花の名前はほとんどわからない。寄せ植えをするのに、ただ色合いだとか、丈に変化をつけようなどと思いながら、つつましい贅沢を味わう気分でいくつも花を選び、二十近い苗を買った。

　真一は、それを亮太と曜子の二人に植えさせるつもりだった。

　ところが帰宅後しばらくしてバルコニーをのぞくと、曜子が一人でせわしげにプランターに花を植えている。

「おい、亮太に手伝わせろよ。そのつもりで買って来たんだから」

　そう声をかけると、

「亮太、怒って部屋に行っちゃったわよ。とにかく気難しくって嫌になっちゃんだから」

　曜子は背中を向けたまま、少し苛つき、むきになって手を動かしている。

「どうしたんだ……」

「わたしがプランターの雑草をむしり取ったら怒りだしちゃったのよ」

　プランターは、数年前に今回と同じように寄せ植えをして、そのままずっと放置していたものだ。中に宿根の植物もあったらしく、たまにひょろりと茎を伸ばして花を咲かせることもあったが、そんな花は、真一にはなんだか貧相に見えていた。あとは花の咲かない雑草が勝手に生えているばかりだ。

「それ抜かないでよ」

「どうして」

「ぼくが毎日水やっているんだから」

「何言ってるの、こんなの雑草じゃない。だいたいこれ取らなきゃお花植えるところないんだから」

　そんなやり取りがあって、曜子がプランターの草をかまわず抜き始めると、亮太は怒って部屋に戻ってしまったそうだ。

　バルコニーには蓋のついたゴミバケツが置いてあり、亮太は砂に絡めて取った糞のビニール袋をそのバケツに捨てに、日に何度かバルコニーへやって来る。真一や曜子が勤めに出て留守の昼間、亮太は放置されていたプランターにジョウロで水を撒いていたらしい。

　言われてみれば、そんな姿は眼に浮かぶようだったが、話を聞いた真一は、曜子と同じように少し苛々とした、情けない気分になった。一人でプランターに花を植えている曜子の後姿を見ながら、真一はため息をついた。

はじめて佐々井さんを訪ねたのは、それからひと月半くらいしたころだった。

佐々井さんの「小さな芽」というコトバを聞いた数日後、真一は夏のバルコニーでのその一件を思い出した。

「芽むしり仔撃ち」という小説のタイトルが、ふと頭に浮かんだ。真一は、しばらく静かに想像した。亮太の二十数年の記憶の土壌に、真一の心がゆっくり根を下ろしていくような気がした。この先どうなるかわからないが、亮太のすべてを受容するしかないという気持ちに、真一はなった。

……真一は、二月の夕暮れ近いバルコニーのベンチに腰を下ろしている。

テーブルの上には小さなジョウロがあって、フラワープランターの土に雪が残っている。

　汚れつちまつた悲しみに
　今日も小雪の降りかかる

真一は、思春期のころに読んだ詩の一節を思い浮かべ、反芻している。

　汚れつちまつた悲しみは

たとえば狐の革裘《かはごろも》

血を吐いて死んだキティーの、柔らかな長い毛足の遺骸が眼に浮かんだ。

汚れつちまつた悲しみは
なにのぞむなくねがうなく
汚れつちまつた悲しみは
倦怠《けだい》のうちに死を夢む

汚れつちまつた悲しみに
いたいたしくも怖気づき
汚れつちまつた悲しみに

亮太も真一も曜子も、なすところもなく日は暮れていく。

蝶夢

蝶を夢む

座敷のなかで　大きなあつぼつたい翼《はね》をひろげる
蝶のちひさな　醜い顔とその長い触手と
紙のやうにひろがる　あつぼつたいつばさの重みと。
わたしは白い寝床のなかで眼をさましてゐる。
しづかにわたしは夢の記憶をたどらうとする
夢はあはれにさびしい秋の夕べの物語
水のほとりにしづみゆく落日と
しぜんに腐りゆく古き空家にかんするかなしい物語。

夢をみながら　わたしは幼な児のやうに泣いてゐた
たよりのない幼な児の魂が
空家の庭に生える草むらの中で　しめつぽいひきがへるのやうに泣いてゐた。
もつともせつない幼な児の感情が
とほい水辺のうすらあかりを恋するやうに思はれた
ながいながい時間のあひだ　わたしは夢をみて泣いてゐたやうだ。
あたらしい座敷のなかで　蝶が翼《はね》をひろげてゐる
白い　あつぼつたい　紙のやうな翼《はね》をふるはしてゐる。

（萩原朔太郎『蝶を夢む』）

毒気にあてられるというのでしょうか。定家葛のあの強い、独特の匂いについくらくらとして、わたしは一瞬のうちに意識が薄れ寝入ってしまったのです。いえ、寝入ったというより気絶したのかもしれません。いつも軽やかに、そこここを自在に舞っていたわたしの白い翼《はね》が、このときばかりは雨粒を背負った石楠花《しゃくなげ》の花弁のように重たくなって、みるみる気が遠くなっていったのです。

まったく定家葛というのは蝶を馬鹿にした花なのです。だいたいあのスクリューのような、捻じくれた花びらの形が醜いじゃありませんか。それに知っています？　縁には皺くちゃのフリルがついているの。チビで不器量な田舎娘が、安手の香水をこれでもかと吹きかけ、ひとり勝手に可愛いらしいと勘違いして、不格好な服を得意気に纏っているみたい。そのくせ生命力だけは旺盛で、ところかまわず蔓をのばしていくのだから……。わたしたち蝶はすっきりとした姿かたちの、ほのかに香りを漂わせる淑《しと》やかな花が好きなのに、まるでわかっていないのです。

でも本当に醜くおぞましいのは、人間なのですよね。何でも定家というひとは人間界では雅やかな階層の、インテリ詩人だったというではありませんか。それをあんな気品のかけらもない花の名につけるという一事をとっても、その愚かさが知れるというものです。だからわたしは恥ずかしくて情けないのです。ああ、ほんとうに、わたしは何を言いだすのでしょう。どうか嗤わずに聞いてください。罪深いわたしを軽蔑しないでください。深く寝入ってしまったわたしは、ながいながい夢を見たのです。どうしてあんな夢を見てしまったのか、自分でもよくわからないのです。ああ、何というおぞましいこと……。

もう思いきって言います。わたしは夢の中で人間になっていたのです。数十年という時空をこえて、真一という名の、少年にわたしはなっていたのです。

＊

角地にあるその家は、生垣で囲まれていました。古い、小さな、粗末な平屋でした。縁側の硝子戸はいつも開けっぱなしで、粉をふいたようにざらついた板目の床を日に曝していました。縁側を仕切る障子などはなくて、そそけ立った畳のじめじめとした部屋はいつも薄暗く、荒れ放題に物が放り出されています。そしてそれらはどれも埃を被っているように見えました。明るい庭先からのぞくと、日のとどかない部屋の奥はほとんど真っ暗です。

その家に棲む女は穢《きたな》い服を着て、不気味な、醜い顔をしていました。目鼻の造作がどうのというよりも、おとぎ噺や怪談の中で夜中に庖丁を砥ぐ妖女のような、なんともいえない妖気を放っているのです。真一の友だちの中には、露骨に化け物みたいだと怖がる者もいましたが、お化けも妖怪も信じていない真一は、どこかでその女に同情を寄せる思いを抱いていました。それはそういう顔をした女が、そういう顔のゆえに、こんな廃屋のような家に棲み、貧しい暮らしをしなければならないのだと思えて、子どもながらそのことに理不尽な無常を感じていたからかもしれません。真一は少し天邪鬼で、判官びいきの少年だったのです。

彼が生垣の途切れた入口から、ときどきその家の庭先を訪れるようになったのは、その家が小さな金魚屋をはじめたからでした。

最初、母親に連れられて金魚を買いに来たのですが、実はそのしばらく前から柿の木の横に、ブロックを積み上げ小さな小屋が建てられているのを、真一は生垣の隙間からのぞき見て気になっていました。それはほんの一坪くらいの小さな建物で、廃材の板やら、杭やら、空いたみかん箱などを使い、真一たちがときどき遊びで作っている秘密基地の小屋を連想させました。ただ不思議なのは、どんどん積みあがっていくブロックの壁に、窓がひとつもないということです。すると真一は、今度は牢獄のようなものを想像して、ぞくっとする好奇心をふくらませました。いったいあれは何なのだろうと、首をかしげながら眺めていたのです。

母親は垣根の切れ目から敷地の中へ入ると、そんな建物には目もくれずにさっさと縁側の方へ歩いていきます。そこに、醜い女の腰を下ろしているのが見えたからです。真一は母親のあとについていきながら、すぐ左手の小屋をチラリと見ました。建物には入口がありましたが、そこには木板の古い雨戸がそれをふさぐように立てかけられていて中は見えませんでした。ふと、この中には子どもの見てはならないものがあって隠しているのかしら、と真一は漠然とそんなことを思いました。

母親は縁側の前まで来ると、坐っている女に、金魚が欲しいのだけれどと言いました。女は、

「はい」

と言って、腰を上げます。庭には生垣の近くまで、大きな四角い池がありました。それは入口の左にあった小屋と一緒に作っていたコンクリート製のものです。地面に穴を掘るのではなく、踏み固めた地面に打ったコンクリートの縁をブロックで囲み、それをモルタールで覆った浅い池です。池は細長く三つに仕切られ、全体の半分くらいに大きな葭簀《よしず》が日よけにかけられています。

女はその葭簀を少しめくりアルマイトのボールを水に浮かべると、

「何匹くらいにしますかね」

と訊きながら、針金を編んだ網を使って器用に金魚をすくいあげ、アルマイトのお椀のような器に入れていきます。朱ひと色のもの、白地に赤や黒の斑の混じった和金、黒い出目金など、慣れた手つきで、女はつぎつぎ器に移していきます。十数匹になったところで、母親は女に促されてボールの中を覗き込みました。真一も隣りで中を見ます。水を透《とお》った初夏の陽光が、銀色のアルマイトに跳ねかえり、明るい、清《すが》しい水の中で、小さな金魚がぴちぴちと泳ぎまわっています。母親はその中から五、六匹を指でさして選び、ビニール袋に入れてもらいます。それからハイポンという中和剤を買うことにしました。代金を受け取った女は薬の使い方を説明

しながら、突っ掛けを脱いで縁側から畳の部屋へ這い上がると、膝をついたまま道具箱のような小抽斗《こひきだし》を引き、氷砂糖に似た、でもそれよりずっと小さな粒を指先でつまんで小袋へ入れました。それから別の段の抽斗を引くとそこは小銭入れになっていて、母親に返す釣銭を拾っています。

真一は女のしぐさの一部始終を黙って見ていました。

店を出てしばらく歩くと、

「それにしても凄いわね、あの部屋の中の散らかりよう」

母親は誰にともなくそう言うとクスリと笑いました。

真一はそれからその女の家の縁先へときどき行くようになりました。母親に言いつけられ、金魚の餌になる糸蚯蚓《いとみみず》や、水替えのときに使うハイポンを買いに行くのです。女は池に浮かべた盥からお玉ですくった糸蚯蚓をビニール袋へ入れ、座敷に上がって小抽斗からハイポンを出します。どちらも数十円の物です。こんな住宅ばかりの路地の中で、たまに来る真一などを相手にして商売になるのかしらと、いつか母親が独り言のように口にしていたのを真一は覚えています。母親はときどき真一について来て、緋目高《ひめだか》を十匹とか、布袋草《ほていそう》をふた株とかいう買い物をするようになりました。金魚が何匹か死ぬと、買い足すようなこともあります。

いつだったか、真一が糸蚯蚓か何か買いに行くとき、隣りの家に棲む少年が一緒について来たことがあります。その少年は真一と同級生でしたが体が大きく早熟で、父親がむかし戦争に行って捕虜になった話をしたり、ゼロ戦と隼とグラマンがどう違うだとか、父親に教えてもらった軍歌を口ずさんだかと思うと、「祇園精舎の鐘の声、諸行無常の響きあり……」と諳《そら》んじてみせるような頭のいい子どもでした。

　二人が生垣の切れ目から中に入ったところで、少年は例の小屋を顎で指し、

「この中にピラニアがいるんだぜ、知ってる？」

　と、ぞんざいな口調で真一にきいてきました。

「ううん。知らない」

　ちょっとびっくりして真一がこたえると、少年はピラニアがアマゾンに棲む獰猛な肉食魚で、人がうっかりその川に落ちようものなら、いっせいに襲いかかってきて食べられてしまうのだと教えてくれました。

「人喰い魚なんだ」

　少し興奮したように、少年は上気した声で言います。

　話しながら歩いていた二人は縁側の前まできました。その日はいつもの女のほかに、それまで見たことのなかった男が一人横に立っています。

「おじさん、ピラニア見せてよ」

　前にもその男に会ったことのあるらしい少年は、少しも物怖じしないでそう声をかけました。男は少年のほうを向き、ろくすっぽ返事もせずに小屋へ歩いていきます。真一は少年にうながされて男のあとをついていきます。男は入口に立てかけた雨戸の板をどかして脇によせると、中に入れというふうに黙って顎を突き出しました。

窓のない暗い小屋の中には、青い光が揺らめいていました。奥行き一間くらいの両側が棚になっていて、左右に大きな水槽がいくつか並んでいます。硝子の蓋の上から青い光があてられ、水槽に満たされた水が、あたりに怪しい光を放っています。

手前の水槽には目高くらいのちいさな熱帯魚が数十匹泳いでいました。尾を振ってすばやく方向を変えるたびに、腹のあたりがきらりと光ります。別の水槽には大きな金魚がゆったりと泳いでいます。珍奇な形のらんちゅうや琉金です。奥の水槽の前まで来ると、

「ほら見ろ、これがピラニアだ」

少年が得意気に言いました。真一は意外な気がしました。人喰い魚というからもっと大きな魚を想像していたのですが、水槽の中にいるのは十センチあるかないかの、平たくて体長の短い、ずんぐりとした魚です。体の下が赤くその上は青みがかった銀色です。少年は硝子に顔を近づけて魚に見入っていますが、真一は水底から次々に湧き上がってくる空気の粒を眺めていました。なんだかサイダーの中を魚が泳いでいるようで、現実感の乏しい不思議な光景を眼にしている気分になって少し頭の中がぼうっとしてきました。暗がりに揺らめく青い光に、淫靡《いんび》な世界を感じたのかもしれません。真一はやっぱりここは子どもの入ってはいけないところなのだと、落ち着かない心持になりました。

真一が小屋の中に入ったのは、後にも先にもこの一度きりでした。

いつからか女は赤子を背におぶうようになっていました。金魚屋へいくのは数か月に一度

くらいなので、女がいつ子を産んだのか真一にはよくわかりません。それからは真一が庭先に訪ねると、女はいつも赤子をおぶったまま仕事をしていました。金魚や緋目高、糸蚯蚓をすくうときも、小抽斗を引きに座敷に上がるときも、女は以前とほとんど変わらぬように動きますが、ただ背には赤子がこぶのようについているのです。肩から降りたおぶい紐は胸の前で交差され、それが背負った赤子の股下の輪っかを通って女の腹部で蝶々結びになっています。赤子のための乳房が、穢い服の中で息づいているのがわかります。初めて会ったときよりも、女は少し若返ったように真一には思えました。

その家の縁先にいるのはいつも数分のことですが、女の背におぶわれた赤子がむずかったり泣いたりするのを真一は見たことがありません。目を覚ましているときの赤子は、女の引っ詰め髪の後ろで頭をのけぞるようにして短い両腕を伸ばし、のびのびとした表情をしています。丸いあつぼったい小さな手のゆびが、何かをつかもうと空を動いたと思うと、今度はそれを握って拳を突き上げるように揺すったりします。

薄暗い部屋の中はあいかわらず荒れ放題に散らかっていましたが、母親に背負われた赤子はなぜか幸福に包まれているように見えるのでした。

＊

わたしの夢はこのあたりで一度途切れます。そうして数十年というときが流れ、夢の続きは始まるのです。その間のはっきりとした記憶はわたしにはありません。しかしわたしたち蝶には決して経験することのできない、人間界の数十年というときが、夢の中のわたしにはなぜかわかるのです。わたしは夢の中でもつばさの重みを感じています。きっとわたしの翼《はね》には、この数十年間に真一の経験し、見聞きした出来事の一つひとつが克明に刻印されているのです。もっともそれは、わたし自身には見ることはできません。ですがぴんとのばした長い触手が、翼《はね》に刻まれた何かを感ずるのです。

＊

中年になった真一はときどきその廃屋の前を通ります。四十年以上前、すでにあばら屋のように見えていた女の家は、途中少しは修繕されたこともあったのかそのまま残っていました。いつごろまで金魚屋が商われていたのか真一は覚えていません。たぶん家で金魚を飼うのをやめて、買い物にいく用がなくなると意識からこぼれ落ち、真一の頭の地図から消えてしまったのでしょう。商いをしまったあとも放置されたままだった庭先の池と窓のない小屋は、さらに数十年の歳月を経て、朽ちるにまかせた姿で残っています。

秋になるとあるじを失った柿の木には実がたわわになります。その木もむかしからあったものです。このあたりでは見かけることの少ない目白が、不思議とここにはたくさん集まってきて、嬉しそうにさえずりながらいっせいにその実をついばんでいます。そのことに気づいたのは数年前ですが、柿が実ると目白がどこからかやって来るのは毎年同じでした。だから秋になると、真一はふとそこに立ち止り、手入れのされていない生垣の隙間から、朽ちかけた家や、池や、小屋をのぞいて、かつてそこが金魚屋だったこと、赤子を背負った醜い女のいたことを思い出すのです。そうしていつの間にかそんなことはまた忘れてしまうのです。

　そんなふうにして数年が過ぎたある日のこと、真一は妻からこんな噂話を聞きました。真一が空家だと思い込んでいた廃屋のような家には、実は老人が一人で暮らしていて、先日その老人の死んでいるのが発見されたというのです。見守りをしていた民生委員が訪問して発覚したのですが、その老人は男性で、死後数日が経過していたそうです。

「男？」

　死んだ老人というのは誰なのだろうと、真一は首をかしげました。

「それはむかしから棲んでいた人？」

　そう訊ねても、

「さあ、それは知らないわ。お義母さんもぜんぜんわからないって言っているくらいだから……」

　と、詳しいところまで妻の耳に、話はとどいていないようです。妻はそこがかつて金魚屋だったこともきっと知らないはずです。真一には、赤子を背負った女の一家がいつかその家を出て、まったく関係のない他人がそこに越してきたとは思えませんでした。はっきりと説明できませんが、そんな気がするのです。ただ、女におぶわれていた赤子の成長していく姿も、母親である女の姿も、その金魚屋へいかなくなってから先そこで見かけていたという記憶も、真一にはありません。本当は何度も眼にしていて忘れているだけなのかもしれませんが、今となるとその辺は何もかも曖昧で、霧の中の遠い風景を眺めているようなのです。

孤独死をした老人というのは、いつか小屋の中を見せてくれた、一度だけ会ったことのあるあの男ではないかしら、と真一は想像しました。しかしもしそうであるなら、醜い女や、彼女がおぶっていたあのときの赤子はどこへ行ったのでしょう。真一の頭の中で、さまざまに物語が作られては消えていきます。それは、古き空家と醜い女にかんするかなしい物語です。

窓のない小屋が真一の頭に浮かびます。もう誰も入ることのない、朽ちかけた今の小屋です。あるとき真一は薄暗い中へと入っていきます。そこには、むかしと同じように青い光が揺らめいていました。小さな熱帯魚や、らんちゅうや、琉金や、ピラニアの泳いでいた棚には、大きな水槽が一つだけ残っていました。そしてその中には、ホルマリン漬けにされたひとりの嬰児《えいじ》がいるのでした。嬰児は裸で丸い目を見開いています。小さいあつぼったいゆびが何かをつかもうと開いています。女がおぶっていた赤子であるにちがいありません。赤子はあのころの幸福を抱いたまま、数十年のときをとめて、じっと水槽の中で息をひそめていたのです。

……真一の脳裏に、そんな光景が映るのでした。

真一が噂話を聞いてからしばらくすると、その廃屋は取り壊されました。古い平屋も、かつての池も、小屋もすべてです。柿の木は切り倒されたうえにパワーシャベルで根まで掘り返され、生い茂っていた草木や生垣は根こそぎ引き抜かれました。赤黒い地面が平らにならされると、玉手箱を開けたあとのように、何もかもなくなってしまいました。

数か月後、更地になったその場所に、新しい家が建てられはじめました。真一はときおり前を通りますが、工事は着々と進んでいきます。やがてまわりを覆っていた足場が取り払われ、新建材を使った立派な家が姿を現しました。外構工事に入り、塀の内側には庭木も植えられていきます。そしてある日、よく日の当たるオープンガレージに、白いセダンの外車がとめられました。

新しいいとなみの表情が、少しずつ家のまわりのあちこちに見えはじめます。

＊

真一は知らない部屋の中で眼を覚ましました。ながいながい間寝ていたような気がします。現代風の、あたらしい明るい和室です。へりのない真四角の琉球表の座敷で、床の間を模した小さな空間に、白い石楠花のたわわに活けられた花瓶が置かれています。

ふと気づくと、花瓶の脇の花台の上に石楠花の花弁が一枚落ちています。いいえ、よく見るとそれは花弁ではなく一匹の蝶でした。

その蝶はじっとしています。

白い、あつぼったい、紙のような翼《はね》をふるわしています。

朝の詩《うた》

もう一篇の詩

恋人よ。
たうとう僕は
あなたのうんこになりました。

そして狭い糞壺のなかで
ほかのうんこといっしょに
蠅がうみつけた幼虫どもに
くすぐられてゐる。

あなたにのこりなく消化され、

あなたの滓《かす》になって
あなたからおし出されたことに
つゆほどの怨みもありません。

うきながら、しづみながら
あなたをみあげてよびかけても
恋人よ。あなたは、もはや
うんことなった僕に気づくよしなく
ぎい、ばたんと出ていってしまった。

（金子光晴『人間の悲劇』）

すっかり落葉の終わったある週末の朝、家からかなり離れたところまで、犬のケンタを連れて僕は散歩をしていた。鼻腔を抜ける空気は乾いていて、些細な音まで聞きわけることのできそうな、透きとおった朝だった。

六、七メートルの崖の下を、地形に沿って曲がりくねる細い舗装路を僕は歩いていた。かなりな角度の斜面は崖上に並ぶ家の敷地の一部になっているから、簡単な塀で仕切られる区画ごとに少しずつ表情が変わっていく。大雑把にいえば、危なげな北側の斜面に知らぬふりを決めこんで、蔓草の絡んだ雑木も落ち葉も放置する、見苦しくない程度に手を入れる、あるいは厄介ではあるけれど、なんとか積極的に利用しようという棲み手の苦心が伝わってくる、といったちがいである。

斜面の反対側の平地は、一匹の山羊を木に繋いだ、木工の工房を併設する不思議な家が一軒あるだけで、ほかに家屋はない。畑になっているところと、草木の枯れた荒れ地とが交互に続いている。だが、そちら側の道沿いには桜の古木がほぼ等間隔に根を下ろしていて、谷津の地形のこのあたりすべてが田圃だった時代を、遠い記憶から拾いだす風景のように思い浮かべることができる。

数年前から、畑や荒れ地の向こうで半地下構造の高速道路の建設が進められているが、その工事の関係でこの道路は途中で行き止まりになっている。だから車はまったくといっていいほど通らないし、散歩かジョギングの人間が利用するくらいで、今はさみしい道になっているのだ。

毎年この時期になると、シベリアから渡ってくる鶫《つぐみ》をよくみかける道筋でもあった。

そんな初冬の朝の道をケンタと歩いていた。ふと落ち葉を踏む乾いた音が耳に入ってきて、その方向に僕は眼を向ける。急な斜面を、初老の女性が慎重な足取りで下りてくるところだった。深緑色の竜の鬚が植えられた斜面には、よく見ると人の幅くらいの小径《こみち》が削られている。その径《みち》は敷地の端まで斜めに、突き当たると反対側の端まで斜めにと、ジグザグに折り返している。スキーの初心者が急な斜面を下りるのに、斜滑降で端まで滑って止まり、キックターンで向きを変えてからまた斜滑降で滑っていくのと同じである。女性はゆっくりと、腰をかがめる姿勢で歩いている。

斜面の上の方に銀杏の樹が一本あって、黄色い葉を竜の鬚の上に落としているが、踏んでいるのは銀杏のしんなりとした葉ではなく、椎やくぬぎのような硬い乾いた枯葉の音である。どうやら、小径や竜の鬚のなかにそういう枯葉がたくさんうもれていて、それが女性に踏まれて音を立てているらしい。

いい音だな、と僕は思う。サ行の音である。

女性は一度折り返してから次の突き当りまで歩いてくるとかがみこみ、そこに咲いている水仙の花を思案気に選《よ》って、何本かの茎に鋏《はさみ》を入れ始めた。活けるときの、角度や高さや本数などを考え、慎重に選んでいるのが伝わってくるようだ。ケンタがしきりにあたりの臭いを嗅いでいるものだから、僕は立ち止まったままそんな様子を眺めていた。水仙はそこだけではなく、そこここの竜の鬚の隙間に数本ずつかたまって生えている。冬枯れのなかで、凛と背筋を伸ばした姿がいいと僕は思う。ツンととりすましているのではなく、どこかけなげで可憐にも見えるのだった。

ケンタがようやく動き出したので、僕もひかれるように歩いていく。舗装路にも枯葉が散っている。その中にくぬぎなどのドングリがたくさん混じっている。虫に喰われて空洞になった実が、落ち葉の下で靴底に踏まれ、弾けるように割れて硬い音をたてる。一歩一歩、必ずといっていいくらいドングリは足裏にあって、カ行の音をひびかせる。

サ行の中に、カ行の混じった音である。僕にはそんなふうに聞こえるのだが、それをコトバにするためにどんな擬音をあてればよいのかまったく見当がつかない。

ある詩人は、女が嫖客《ひょうかく》の前で、洗面器にまたがり不浄をきよめるさまを、「しゃぼりしゃぼりとさびしい音をたてて尿をする」と表現したが、その音がどうして「しゃぼりしゃぼり」なのか、僕にはずっと不思議で、だが、なんと哀切に満ちた音なのだろうと、静かな魂のふるえを覚えながら思いだすことがある。そんなとき、娼婦の恥じらいというようなコトバが、勝手に僕の頭のなかに浮かんだりもする。どこか投げやりな、退屈でさびしい女のいとなみが、洗面器の底からひびいてくるようだ。

オシッコ小母さんに会ったのは春の土曜か日曜の朝で、家のすぐ北側の丘の上にある中学校の前だった。ふだん僕がケンタの散歩をするのは五時台なのだが、その日はめずらしく遅くまで寝ていて家を出たのが七時を過ぎていた。いつもとちがう時刻だから、それまで会ったことのなかった彼女と出くわしてしまったわけだ。

オシッコ小母さん（人によってはオシッコババアと呼んでいるらしい）は、狭くて曲がりくねった急な階段を上り、そのまま平坦な小径を突き当たったズル門の前に立っていた。ズル門というのは中学校の体育館の脇にある、人ひとりが通れるくらいの学校の小さな入口で、べつにそこを抜けることが禁止されているわけではないが、正門を通らず、ここそこズルをして近道をしている感じからそう呼ばれているようだ。ある方角からくる生徒にとっては、曲がりくねった階段を上ってこの入口を通ると、表通りから正門をくぐるよりかなりな近道になる。僕の三人の子どももたちもこの中学校へ通っていたが、彼らもみな、狭い急階段を上り、ズル門を抜けてそれぞれ三年間通学していたはずである。

小径からズル門の前の舗装路に出るところで、まず僕はオシッコ小母さんに注意された。

「そこでオシッコさせないでください！　ここは学校の前ですよ」

ズル門前の舗装路をへだてた台地の縁の方には特別支援学校があり、ケンタがオシッコをひっかけていたのは、小径より一メートル高い支援学校のグラウンド沿いに続く、土留の壁に向かってである。ケンタのオシッコはいつもちょろっとで、長々とした放尿はしない。散歩の最中は臭いばかり嗅ぎ、気になるとそこで止まって、ふがふがと荒い鼻息になる。気がすんだところで片脚をあげてちょろりとやる。たいてい後ろ脚で砂を蹴る、というような動作をしてから歩きだす。それがケンタのルーティンになっていた。

オシッコ小母さんというのは後で人に聞いたことで、このときはそんな存在は知らなかったから、いきなり他人に注意をされた僕はちょっと面喰ってしまった。だがケンタにならうことにして、彼女のことはまったく気づかぬふりをしてズル門前の舗装路を左に折れる。左側は支援学校の小さなグラウンドとその先に校舎、右側は中学校の大きなグラウンドに面した通りである。十メートルも進むと支援学校の側に電信柱が立っていた。

ケンタはそこまで来ると、あたりまえのようにふがふがと臭いを嗅ぎ、さっと左脚を上げてちょろりとやった。僕もケンタの好きなようにさせておいた。すると背後から、

「ホラ、オシッコさせちゃダメって言ったでしょ！　さっきも。学校の前なんですよ、ここは」

とオシッコ小母さんの大きな声が聞こえた。僕はまた無視することにした。もちろんケンタもまるで気にするふうはない。そこから十メートル先、今度は中学校のフェンスの脇に電信柱が立っているのが見えた。ケンタは道を渡ってそこへ行こうと勢いよく僕を引っ張る。僕は内心よしよしいいぞと思いながら、ケンタにひかれるままついていく。案の定ケンタがふがふがはじめて右脚をあげるころには、ザマア見ろと僕は心のなかで呟いていた。

「ちょっとアナタ、さっきから言っているでしょ！　ここは学校の前なのよ！　アナタみたいな非常識な人はいませんよ」

二十メートルは離れたズル門の前から、いささかヒステリックになった声でオシッコ小母さんは叫んでいる。そのまま無視し続けてもよかったのだが、僕もだんだんむかっ腹が立ってきた。いかつい男が相手なら決してそんな気持ちになるはずがないのに、先方が小母さんなのだと思うと、ちょっと恫喝してやろうという卑劣な感情がむくむくと湧き上がってくる。

「アンタいったい誰なんだ。この学校の関係者ですか？　え、いったい誰なんです」

僕がふり返り小母さんの方へ数歩戻りかけてそう言うと、彼女はさすがに少しひるんで二、三歩後退《あとずさ》ったように見えた。

「誰だっていいでしょ。だいたいアナタは非常識です」

ひと呼吸おくと、オシッコ小母さんも黙っていない。

非常識だとか不道徳というのはもとより承知の上だ。けちくさい良識や、ちゃちな建前があまりに大手を振って闊歩するものだから、世の中はどんどん窮屈になる。世間も人も少し汚れているくらいがちょうどいいのだと、こちらはそう思って生きているのだが、だからといってそんな価値観を人様に押し付けようとは毛頭考えていない。正義を振りかざし、とにかく相手がそれにひれ伏し屈服しなければ気がすまないという態度は、そういう潔癖症を持つといろいろ苦労も多かろうとある意味同情はするが、しかし少しく高慢に過ぎないか、そもそも何を正義と考えるかは人それぞれのはずだ、というのが僕の「私の主張」である。

「出物腫物だからねえ、仕方ないじゃないですか。犬だってオシッコくらいしますよ。それともアンタはオシッコしないわけ？」

支離滅裂なことを言っているのは本人もよくわかっている。オシッコ小母さんのうけ答えもまた滅茶苦茶だった。

「何バカなこと言っているの、犬と人間は違うのよ。犬と人間が同じだとアナタ思っているの？　ひょっとして頭おかしいんじゃない」

そう言われて、僕はふとあることを思い出した。犬と人間が同じと思っているというのは、どうもあたっているかもしれないのだ。僕が家のなかでケンタにかまっているようなとき、かなりの部分、僕はケンタに同化していると言えそうだし、なにより小学校二年か三年生のとき、将来の夢を担任の教師に問われて、「ぼくは犬になりたい」という題で作文を書いているのだ。思い出したあることというのはそのことだった。おそらく家で飼っていた犬の、一日気ままに寝転んで過ごしている様子が僕のナマケ心に反応し、短絡的に犬になりたいという思考が生成されたにちがいない。

僕はくるりと向きを変えて歩きだした。はじめからオシッコ小母さんと議論するつもりなどなかったのだ。脇目もふらず、ひたむきといっていいくらい夢中に臭いを嗅いで飼い主をひいていくケンタを、僕はどこか誇らしく思いながら、いかにも幼稚な空想にふけっていた。

僕はオシッコ小母さんの家の便器のなかにこっそり隠れている。そうして小母さんが便座に坐って排尿をはじめたところで、便器のなかの僕は小母さんをみあげ、「とうとう僕はあなたのオシッコになりました」と声をかけながら、彼女のお尻にひと滴の尿をはね返してやるのだ。するとオシッコ小母さんは「ヒエー」と声をあげ、白くて丸いお尻を剥き出しにしたまま、ほうほうのていでトイレから逃げ出していく。……そんな馬鹿げた夢想だった。

ケンタの散歩の道順は決まっているわけではなく、二、三十分ですむ短いコースから、三時間以上もかかる長いコースまで、その日の天気やケンタの機嫌をうかがいながら、どの角を曲がるかなど行き当たりばったりで、ほぼ毎回かえている。それで家の近くの路地のなかにある、Fさん宅の前を通ることもしばしばだった。

五十年近くもむかし、××小学校二年二組のぼくのクラスに、Fさんのお嬢さんは転校してきた。確か学期の途中だった。容姿も勉強の具合もごくふつうの少女で、転校生だからといって物怖じするふうはなく、かといって活発というわけでもなかった。彼女は一年もたたぬうち、学年の途中でまたよその学校へ転校してしまった。父親の転勤か何か家の事情で、どこか遠いところへ引っ越していくのだと、担任の教師は理由をそう説明したと思う。

以来僕はF女に会ったことはない。顔も声もすっかり忘れているから、偶然どこかですれ違うとか出くわしていたとしても、気づくことはなかったはずだ。

その家にまたFさんの表札がかけられているのを眼にしたのは、彼女が転校してから二十年近くもたってからではなかったか。当時はめったに通ることのない路地に面していたから、気づくのが遅かっただけで、ほんとうはもう少し前にFさんは越して来ていたのかもしれない。いずれにしても、表札を見たときに、僕は狐につままれたような気分になったのだ。そして、F女とのあることを久しぶりに思い出したのだった。

嗜痂《しか》というコトバをたまたま知ったのは高校生のときで、中学へ上がるときに買ってもらった角川の新字源に、「かたよったこのみ。痂は、きずのかさぶた。それをこのんで食べた人の故事による。」と意味が記されていた。その発見をしたときが、おそらく僕がF女のことを思い出した最初なのだと思う。脳裏に鶏頭の花がちらついていたかもしれない。

それからしばらくして、高校三年のときに友人たちと作っていた同人雑誌に、「鼻くその唄」という三行詩を僕は書いた。「俺は喰われるために生まれてきた／きたならしくもうつくしい／美味のものだ」。そんなくだらない詩だったが、その詩を作ったときも、頭の片隅にF女がいたはずである。

F女が転校してきてまだまもないころ、僕は一度だけ彼女と二人で下校したことがあった。ふだん女子生徒と話をすることなどあまりない僕が、どうしてF女と二人きりで帰ることになったのか、経緯はまったく覚えていない。互いに興味を惹くような相手でなかったから、かえって他愛ない気楽な会話が弾んだのかもしれない。僕は自分の家に帰る角を通り過ぎても、そのままF女の家の方向へ歩いていた。

もうF女の家が目と鼻の先になって、どういうわけか話題は鼻くそのことになった。

「鼻くそっておいしいよね」

どちらかがそう言うと、

「うん、おいしいよね」

とどちらかがそれに同調した。

「わたし鼻くそ大好き」

「ぼくも好きだよ」

それから、傷のあとにできるかさぶたを剥がし、口に含んで噛むのがなんとも至福のひととき だという意味の話で二人の意見は一致した。鼻くそとちがって、かさぶたはめったに口にすることができないぶん、上等なごちそうであるような錯覚に、そのときの僕はとらえられた。

「無理にはがすと痕が残るからダメってお母さんに言われるんだけれど、待ちきれなくってつい つい はがしちゃうの」

F女のそんな話に、僕もまったく同じだと相槌を打ち、かさぶたのねちっとした歯ざわりを、舌先に感じていた。

嗜痂を共有する者同士であることがわかり、F女は興がのってきたのか、

「わたし耳くそも食べるのよ」

と、自慢げに言った。

「耳くそ？　苦いでしょ、あれは」

舐めるくらいのことはあったが、食べるというところまで僕はしなかった。

「そう、苦いのよ。それから目やにも食べたことあるわ」

「目やに！」

意表を突かれたと思った。目やにを「目くそ」という人もいる。目くそ鼻くそを笑うというコトバもあるくらいだから、鼻くそを食べ、耳くそを舐めるような人間が、目やにに食指が動かないのはいかにも迂闊だったと思わされた。

目やにってどんな味がするの？　という僕の問いには答えずに、F女は、

「外でオシッコするのってきもちいいわよね。わたし男の子みたいにときどき外でオシッコするの。そういえばオシッコしたくなっちゃったわ」

F女はそう言うといきなり数メートル小走りをして路地の端によった。

「わたしオシッコするね」

彼女はひとことと僕にそうことわってから、膝の上までパンツをおろしてスカートをまくり上げ、白くて丸い、大きなお尻を突きだすようにしてしゃがみこみ、その場で放尿をはじめた。F女の排尿は案外長かった。彼女の足元から生温かい舗装路の上を尿が流れ出し、みるみるアスファルトの表面を黒く染めていく。水の先端はまるで地を這う生きもののようだ。

しかしそれにしても、家の前まで来てどうしてわざわざ外でオシッコをするのだろうと僕は不思議だった。ふと、F女に対する軽い嫌悪が湧きあがってきた。さっき彼女が目やにを食べたことがあると言ったのは嘘にちがいない、と僕は直感的にそう思った。耳くそだって舐めたぐらいで、食べるというのは嘘にきまっている。

F女は白いお尻を突きだし、しゃがみこんだ恰好のまま、顔は僕の方へ向けていた。恥じら

いというようなものはなく、薄ら笑いを含んだ表情に、僕はF女の勝気を見たような気がした。

「じゃあ、ぼく帰るね」

F女がしゃがんだままの恰好でいるとき、僕はわざとそう言って軽く手をあげ、くるりと向きをかえて歩きだした。一瞬F女の表情がくもったように見えたが僕はかまわなかった。F女の後ろには鶏頭の花が咲いていた。歩きだすぼくの横にも赤紫の花が見えた。

狭い路地の舗装と塀の間にわずかな地面があって、そこに鶏頭が群生していたのだった。

その日から転校していくまで、たぶん僕はF女と口をきく機会はなかったと思う。


杏美ちゃんが犬の散歩をしているのが僕には意外だった。犬を飼うという生活が、僕の記憶のなかにいる彼女とうまく結びつかないのかもしれない。

見かけたのは数年ぶりだった。三十年ちょっとの間に、僕は何度かこの街で彼女と出会っている。互いにそうとわかっているときも、彼女は知らずに僕だけが気づいたことも、反対に彼女だけが気づいたこともあったにちがいない。

しかし、口をきいたことは一度もない。出くわすときが、たいてい妻や子どもが一緒だったということもあるが、一人のときでも僕は眼をそらし、声をかけなかった。そういうことを嫌がる女だとわかっているからで、少なくとも僕に何かわだかまりがあるわけではない。

この数年の間に、杏美ちゃんは急に老けたように見えた。僕も人のことなど言えないが、その老け方にはどこか痛々しさがある。日曜の昼間で、僕は妻と並んで駅に向かうバス通りの歩道を歩いていた。杏美ちゃんは七、八メートル先を同じ方角に向かって犬を連れている。犬が立ち止まるのでときどき横をむいたり、振り返るような恰好になる。そういうときの表情を盗み見るのだが、彼女の方は僕に気づいていない様子だった。

三十年以上もまえ、彼女はシナモンという酒場で働いていて、僕は親しい関係になっていた。杏美ちゃんはぼくより二つ歳上だった。彼女には夫と二人の子どもがいたのだが、すべてのことを知ったのは彼女との関係が終わったあとだった。

もっとも夫らしき男のいることは、付き合いはじめてしばらくしたころに彼女の口からきいて僕は知っていた。そのころ僕は、杏美ちゃんの身の上話をよくきいていた。

彼女の父親は全盲で、母親も弱視だったから夫婦そろって視覚障害者だった。三鷹に棲んでいた子どものころの彼女は、父親の手引《てひ》きになって、高田馬場のヘレンケラー学院によくついていった。父親はそこの理事だか評議員をしていたようだ。親子にしては少し歳の離れた、厳格な父親だったそうだ。

「わたし子どものころ、親にどこかへ遊びに連れていってもらったことって一度もなかった。どこかいくとしたらヘレンケラー学院だけ」

そんな彼女を、周りの大人たちは「杏美ちゃんいつもえらいねえ」と褒めてくれたそうだ。

「でもそうやっていい子でいるのが、ある時からとっても嫌になったの。私ずっと我慢してきたんだもの。よその子たちはもっとわがままで、だけどとても楽しそうに見えたの」

杏美ちゃんはベッドの縁に坐って煙草をふかしながら、そんな話をした。二十歳を少しすぎたばかりの僕には、彼女の話は興味深くて、いつも聞き入っていた。

父親が亡くなったのは彼女が中学生のときだ。高校へ上がると、杏美ちゃんは学校をサボりがちになった。家を出るときには学校へ行くつもりなのだが、途中で悪友に会うとつるんで盛り場に向かってしまうのだ。学校が嫌いなわけではなく、友人たちと遊びまわるのが、そのころの彼女には楽しくてしかたなかったそうだ。

ところがそのことを知った母親は、彼女には何も言わずに学校へ退学届を提出してしまった。母親もまた、厳格な人だったわけだ。

「わたしお母さんと大喧嘩して、それで家出しちゃったの」

友人の家を転々と回り、街でナンパされた男の部屋へ泊ったりもした。杏美ちゃんはどうしても母親をゆるせずに意地を張っていた。

「わたしそのころはいろいろな男と寝たの。もう、名前も顔も覚えていないわ。一回きりの人もたくさんいたし」

行場のなくなった彼女は、昼は定食を出しているような小料理屋で働いている男を頼ることになった。そこは、女友達と何度か食事をしたことのある店で、男はだれかれとなく、そんな女子高生たちの相談相手になっていたようだ。おそらく、高円寺か荻窪あたりの店ではないかと思う。

二人は駆け落ちをするように街を出て行った。杏美ちゃんは十六、七、男は二十歳そこそこだった。

それからどういう経緯で、いつから二人が僕の棲む市にやってきたのか、詳しいことは知らない。駅からかなり離れた郊外のアパートで暮らしながら、夫は生コンを流すポンプ車の仕事をしていた。アパートは会社が一括で借り上げ社宅のようにしているようだった。

「部屋で内職しているってきいたから、そんな辛気臭いことするならわたし店開くから手伝ってよって誘ったの。杏美ちゃんあんなに若くて、可愛い顔しているのにもったいないじゃない」

ずいぶん後になって、シナモンのママから杏美ちゃんについて、僕の知らなかったことなどあれこれ教えてもらったが、そんな話だった。ママの今の夫も、同じ会社でポンプ車の仕事をしているのだ。

「お産費用だってなんだって、全部社長が面倒みてあげたって言うじゃない。仕事だって本当に一からでしょう」

僕がはじめてシナモンへ行ったのは、ママが店を開いてまだ間もないころだったようだ。杏美ちゃんは十代のころにアルバイトくらいはしていたかもしれないが、酒場はもちろん外で働いた経験はほとんどないはずなのに、店では水を得た魚のようにいきいきとして、毎晩仕事に来るのが楽しそうだった。呑み込みが早く、一人っ子特有の人との関係づくりのうまさを持っていて、擦れた感じもなく、素直で明るい女に僕には見えた。ママも気をつかって、彼女を大切にしているふうだった。

やがて僕は杏美ちゃんに夢中になり、シナモンに通いつめるようになった。シナモンの客で最初に杏美ちゃんと関係を持ったのは、たぶん僕だったと思う。酒場の女を店の外に誘って食事をしたり、ホテルへ連れて行ったりするのは僕も初めてだった。杏美ちゃん目当ての常連客はほかにも何人かいたが、僕が一番若かった。若いぶん、ママは僕に対して甘いところがあったかもしれない。

杏美ちゃんとの関係は、なんだかんだで三年くらい続いたと思う。僕にとっては、杏美ちゃんはいつでも恋人だった。二人はしじゅう喧嘩をしたし、彼女に袖にされ、無視されるような時期も何度もあったが、僕はシナモンに通いつづけていた。杏美ちゃんに相手にされないようなとき、僕はカウンターの隅の席に坐ったまま、何時間でも一人でウィスキーを飲んでいて、少しも退屈でなかった。彼女がほかの客と話し込んだり、いちゃついたり、店外デートに出ていくのを見送ったりしながら、僕はいつかまた彼女が帰ってくるのを待っていて、実際数か月してまた関係が始まるというようなことが何度か繰り返された。僕との仲がいいときでも、杏美ちゃんが他の客とも関係を持っていることはわかっていたし、お互い腐れ縁のような気分でながながと続いているようなところもあった。どこか娼婦のような杏美ちゃんが、僕には愛おしかった。

さすがにこれで終わりだなという喧嘩をして、しばらくは通ったがそのうちシナモンへも足が遠のいていた。そんなときママから会社へ電話があった。

「杏美ちゃん家出しちゃったらしいの。アナタどこ行ったか知らない？」

夫が、僕とどこかへ逃げたのではないかと疑っているというのだ。組の構成員に一人知り合いがいるので、その人に頼んでアイツ少し懲らしめてやると息巻いているから、アンタ何ばかなこと言っているのよ、わたしの客に手だししたら承知しないからねと、ママが思いとどまらせたという話だ。

「とにかく、今日必ず寄ってね」

ママはそう念を押すと電話を切った。

杏美ちゃんはつまらないことで夫と喧嘩をし、もうすぐ小学校へあがる男の子は部屋に置き、下の娘だけを連れて家を出たらしい。

「え、子どももいたの？」

僕が驚いてきくと、ママは、アンタそんなことも知らなかったのと少し呆れた顔をした。何年も付き合って抱いていた女が、二人も子どもを産んだ躰であることに気づかなかったのかと、子どものできなかったママは言いたげだった。

杏美ちゃんは二、三日ですぐ帰ってきた。ちょっとした気分転換で知らない街をぶらつき、横浜のビジネスホテルに泊まったとかいう話だった。

ママと杏美ちゃんは同じアパートに棲んでいるのに、顔は合わせずに電話で二時間も話をしたらしい。

「とりあえず店は辞めてもらうことにしたから」

ママはそれから僕の方を向いて、

「アンタ、もっとちゃんとした女とつき合いなさいよ」

と言って、眼をそらした。

それから数週間して、ママは店を閉めた。


日曜日だった。広い車道沿いの、電線の地中化など数年前にきれいに整備された歩道だが、私学の女子校と、もとは男子校で今は共学の小中高一貫の学校が通りに面して並んでいて、日曜日はほとんど人通りのない道だった。午前中だが朝早くではない。そんな時刻に散歩をするのはめずらしいのだけれど、僕はケンタを連れて歩いていた。

歩道の先から一組の男女が、犬を連れてこちらに向かって歩いてくる。老眼だけではなく、遠くもかなり見えづらくなって、少し離れると顔の判別のつかないことが最近多いが、男女のうちの一人が杏美ちゃんであることはすぐにわかった。歩き方は若いころとあまり変わっていない。このままいけば面と向かってすれ違うことになる。少しばつの悪さを感じたが、お互い犬の散歩の途中なのだから挨拶くらいはしてもいいだろうと僕は思って歩いていた。朝の早い時刻の散歩では、見知らぬ者同士でも、ほとんどの人は「おはようございます」と挨拶を交わしてすれ違っていく。もっとも六十近くになっても、杏美ちゃんは早起きをして散歩をするような女ではきっとないから、そんな慣習を彼女は知らないかもしれないな、とも思えた。

ほんの数メートルまで近づいたときに、犬を連れた杏美ちゃんはふっと歩道から右側にそれて、空地のようなところへ入って行った。そこは地区公民館の駐車場で、歩道との間が金網のフェンスと花壇で仕切られている。彼女は車の出入り口の開口部から駐車場に入って、僕と間近にすれ違わずにすむ方法を咄嗟に思いついたのだ。駐車場の中をとおっても、また歩道に出られるつくりになっている。「どうして？」という男の声と、「だって犬がいるじゃない」とこたえる女の声が僕の耳にとどいた。

一緒にいた男は杏美ちゃんの息子で、それは杏美ちゃんに気づいたときから僕にはわかっていた。実は何年も前に、杏美ちゃんがこの男と二人で歩いているのを、駅の近くで見たことがあったのだ。彼女は僕に気づいていなかった。にこにこと笑いながら、楽しそうに男と言葉を交わしていた。背丈も、体の幅も厚みもある、がたいのいい若い男だ。僕は狐につままれたような気分で、いったいあれは誰だろうと首をひねったが、すぐにそれが杏美ちゃんの息子にちがいないと思い至ったのだ。それにしても、小柄な杏美ちゃんの生んだ子にしてはあまりの巨体で、夫の血筋ではあるのだろうが、ちょっと親子には見えづらい二人だった。今は息子に夢中と言いたげな雰囲気が、彼女の表情ににじみ出ていた。

三十年前、シナモンが店を閉じて数週間たったころ、僕はへべれけに酔っぱらって寂しくなり、深夜に杏美ちゃんの部屋へ電話をかけたことがあった。シナモンがあった近くの公衆電話からだった。

「もしもし」

あまりにか細い澄んだ声に不意を突かれ、僕はしばらく声が出ない。切ってしまおうかと迷っていると、

「もしもし」

と不安げな男の子の声が、もう一度受話器からこぼれてきて、

「ママは？」

と僕はつい口に出していた。

「ママ……いないの」

「いない？　お出かけなの？」

「うん」

「じゃあ、パパは？」

そんなことを言って、本当に父親が出てきたらどうするつもりなのだと、僕は自分でも呆れている。

「パパもいないの……」

酔った頭の中に、アパートの暗い部屋の光景が浮かんだような気がした。男の子は小学校へあがるかあがらぬかの年頃のはずだ。そんな子を部屋に残して、夫婦は夜中に出歩いているのだった。店を辞めた杏美ちゃんが、夜遊びに夫を連れ回しているという話は、店を閉じる前にママからきいたことがあった。ポンプ車の仕事は朝も早いし肉体的にも楽ではない。そんなことをしていて昼の仕事で事故でも起したらと、ママの夫が心配しているというのだ。ようやく酒場の仕事を辞め、男遊びもおさまった妻のご機嫌をとる、元来気性の荒い夫の殊勝な姿が、その心の内側まで僕には見えるような気がした。

「そう、パパもママもお出かけなんだ。それじゃあお留守番だね」

「うん」

「エライね。ぼく寂しくないの？」

「……寂しい」

言い終らぬうちに、男の子は突然泣き出した。緊張が緩んで、堪えていた切なさがこみ上げてくるみたいだった。なんでそんなこときくのと責められているようで、

「ごめんね」

と口をついて出た言葉が、なんだか言訳がましく、情けなかった。

その子を、杏美ちゃんの子を、僕は抱きしめたいと思った。


……


あのいたいけな少年が、今すれ違った男なのだ。ときの流れの、あまりの速さにとり残されていく戸惑いを、感ぜずにはいられなかった。男はもう四十近いはずだが結婚しているふうはなく、おそらく杏美ちゃんとひとつ家に暮らしているのだろう。僕など一ひねりにできそうな立派な体躯をしているが、さっき耳にとどいた声はどこか優しく、案外穏和な性格なのかもしれない。杏美ちゃんが夢中になるのも何かわかるような気がする。ふつうこんな年回りの母親と息子が、こんなふうに犬を連れて散歩をするのは、どこか不自然なはずだった。

杏美ちゃんは、駐車場からフェンス越しに僕の連れているケンタに視線を送り、思わず可愛いわねというような笑顔を見せてとおり過ぎた。その視線も、その笑顔も僕にではなく、ケン

夕に向けられたものだ。そんなところに、むかしと変わらない杏美ちゃんがいるような気もした。今日の杏実ちゃんはこころなし若く見える。

「わたしね、あなたが結婚して奥さんもらっても、ときどきこんなふうにふたりで会えたらって思うの。いつかそんな関係になれたらいいなって」

　三十数年前、店が終わったあとの深夜、二人で入った隣り街の大きな酒場で、杏美ちゃんはそんなことを口にしたことがあった。間近にいる彼女の横顔のつけ睫毛が、ニッパ椰子の葉のように見えた。

　もちろん二人の関係はそんなふうにはならなかったし、決してきれいとはいえない別れ方だった。僕は未練がましくいつまでも杏美ちゃんのことを思ってしばらく鬱屈していた。そうしてあの深夜、へべれけに酔っぱらってかけた一本のイタズラ電話が、思いがけず杏美ちゃんからの出口になったのだ。

　ひとり残された、小さな、薄暗い部屋に蹲《うずくま》っていた僕は、ようやくゆっくりと立ち上って、ぎい、ばたんと出ていくことができたのだった。

ランタンルージュ

機関車

彼は巨大な図体《ずうたい》を持ち
黒い千貫の重量を持つ
彼の身体《しんたい》の各部はことごとく測定されてあり
彼の導管と車輪と無数のねじとは隈《くま》なく磨かれてある
彼の動くとき
メートルの針は敏感に回転し
彼の走るとき
軌道と枕木といつせいに震動する
シヤワツ　シヤワツ　という音を立てて彼のピストンの腕が動きはじめるとき
それが車輪をかきたてかきまわして行くとき

町と村々とをまつしぐらに駆けぬけて行くのを見るとき
おれの心臓はとどろき
おれの両眼は泪《なみだ》ぐむ
真鍮の文字板をかかげ
赤いランプをさげ
つねに煙をくぐって千人の生活を運ぶもの
旗とシグナルとハンドルとによつて
かがやく軌道の上をまつたき統制のうちに驀進《ばくしん》するもの
その律儀者《りちぎもの》の大男のうしろ姿に
おれら今あつい手をあげる

（中野重治『中野重治詩集』）

高校生のとき、ある友人がこんな話を教えてくれた。

新幹線の軌道のなかに何者かが侵入した。アラームが鳴って保守作業員が現場へ駆けつけると、不審者の姿はなく、レールの上に何十もの今川焼が並べられていたというのだ。

四十年も前に聞いた話で、友人のニュースソースが何なのか、たしか新聞だと言っていたような気もするがはっきりとは覚えていない。そもそもこのニュースの真偽だって、今となっては確かめようがない。

しかし、この四十年の間に、おれは何度もこの話を思い出している。なぜだろうか。他愛もないイタズラといえばそれまでだが、そんなことを思いついたとしても、鉄条網のついたフェンスを乗り越え軌道に侵入するまでには、彼を動かす何かがなければならない。誰もが持ち得るとはいえない何か、それは信心とか、正義感だとか、一見相反するそんなものとどこか似ているかもしれない。とにかくおれの裡《うち》には、ありそうもないものだ。

靖子さんとランタンルージュへ行ったのは秋の夜だった。クリーニング店のビニールを破って、この秋初めてコートに腕をとおした日だ。一、二週間前から街ではコートをまとった人が日に日に眼につきはじめていた。おれはもう少しと痩せ我慢をしていたが、その日の朝は少し冷え込んだ。夜のことも考え、あまり寒々とした恰好も貧相に映るのではないかと、観念してコートを着て家を出たのだった。

五時前に靖子さんから会社に電話があった。

「今日なんだけれど、六時半でもいいかしら？」

もともと六時の約束だが、

「いいですよ」

と短くこたえ、仕事もないのに五時半まで会社にいて、

「じゃあ、お先に」

と社員に声をかけて表へ出た。外は、どうしてもコートがいるという寒さではなかった。

靖子さんは毛糸の帽子までかぶってきた。店の壁のフックにはハンガーが掛けられている。コートを脱ぐと薄手のショールを羽織っていたので、それも受け取ろうと手を伸ばすと、

「これはいいわ」

そう言って、靖子さんはたたんで椅子の背にかけた。

脚の長い椅子に並んで坐る。膝に手を置いたままぐるりと店内を見回し、

「ふうーん。けっこう広いのね」

と彼女は言った。

四、五か月前、靖子さんを含めた四人でこの界隈で飲んだとき、二軒目にこの店へ来たのだが混み合っていて入れなかった。小さな建物の階段を上がった二階なので、三人を下に待たせ、おれ一人がのぞいてきたから靖子さんは店の中を見ていない。

「駄目だ、いっぱいで入れない」

そう言ったあと、思っていたより狭い店だったな、と口にしたかもしれない。そのひと言が彼女の耳に残って、よほど狭い店を想像していたようだ。

あの日、店の中に入れなかった四人は、すぐ隣りのビルの地下にある酒場に入った。こちらは倍以上の広さだが客は誰一人いなかった。東南アジア系の男が一人できりもりしている店らしい。どこでもお好きな席にどうぞとまともな日本語で、男は揉み手をしながら、褐色の顔に白い歯を見せ相好を崩した。

金曜日の夜のこんながらんとした店に入ったのは運が良かったのか、悪かったのか、ともかく中年の男女四人は黒いビニール貼りのソファーに、どっかりといったふうに腰を下ろした。皆そこそこ酔いが回っている。

「さっきの店だけどね、ランタンルージュっていうんだ。前から一度行ってみたいと思っていたんだけれど……」

おれは席につくなり話しだした。

「むかしフランスでは、貨物列車の最後尾にランタンを吊るしていたそうだ。それで夜、山裾を廻《めぐ》るように列車が遠ざかって行くのを眺めているとね、ランタンの赤い燈が、まるで暗闇にルージュを引いていくように見える……」

おれは無音の光景を思い浮かべながら言った。なぜか「死刑台のエレベーター」というモノクロームの古い映画を思い出していた。

「ロマンティックね」

靖子さんはすぐにそうこたえたが、エロティックといったほうが近いような気もする。——さあこの映画、冒頭の場面、みなさんまあなんてエロティックなんでしょ、女が電話口でジュテームって何度もささやきますね、怖いですね、監督のルイ・マル、この作品がデビュー作で、なんとまだ二十五歳だったんです、二十代の青年がこんな映画つくるの、まあびっくりですね……。

何十年もまえ、テレビの洋画劇場で淀川長治さんはそんなふうなことを言っていたと思う。それは「死刑台のエレベーター」の話だ。

「貨物列車の最後尾ということから転じてさ、ツールドフランスってあるだろ、自転車のロードレース。あのレースで最下位を走っている選手のこともランタンルージュっていうそうだ」

「ああツールドフランスね、わたし前から一度見に行きたいと思ってたの。アナタ一緒に行かない？」

いつもの靖子さんの軽口だった。とぼけた顔でときどきそういうことを口にする。

「しかし日本じゃちょっと考えられないよな、そういうの」

「え？」

「スポーツ中継なんかでさ、最下位の選手なんてまず映さないでしょ。そこは触れないっていう不文律みたいのあるじゃない。恥の文化なのかなあ、武士の情っていうか……、それに較べてなんか茶目っ気があるじゃない、艶っぽい呼び名だし」

「ああ、そういうことね」

「もちろんトップグループは熾烈な争いをしていて、そこが目玉なんだけれど、一方でしんがりの選手をそんなふうに取り上げるのっておれは面白いと思うんだよね、遊びがあるっていうか、チャーミングだよ、考え方が」

その夜は遅くまで飲んだ。結局おれらのほかに客は誰一人来なかった。靖子さんと、彼女の会社に勤める同齢の川上さんは二人で駅前からタクシーに乗り、おれと、おれより十歳若いこちらの男二人は終電間近の電車に転がり込むように飛び乗って、なんとか帰路についた。

それから数か月たち、おれはランタンルージュへ一度行ってみたくなって、一人でその街へ足を運んだ。会社からも家からも離れたところなので、わざわざという感じだった。

ところが、店は定休日で閉まっていた。おれは狭い路地の中をふらついて、たまたまみつけた立ち飲みのバーに入り、ハイボールを三杯飲んで、その日はそれでおとなしく帰った。

「そうなると、半分意地になってどうしてもという気分になるじゃない」

「で、行ってみた？」

「行ったよ、次の週」

仕事の受け渡しで、靖子さんと新宿で会っていた。いつも行く喫茶店もあるのだが、ちょう

ど午だったので、

「お食事しましょ、そこにわたしちょっと行ってみたい店があるのよ、大丈夫？　時間」

「ああ」

「みんな美味しいよって言うんだけれど、わたしまだ入ったことなくて」

店の前に並べられた椅子だけでは足らずに、その後ろまで行列ができていた。椅子に坐って待つ客からオーダーを取っている店員に訊くと、二、三十分というので、

「いいじゃない。並ぼうよ」

とおれは言った。靖子さんとなら、立ち話でも話題が尽きるということはない。

「あら女性ばっかりね、ごめんなさいね、嫌じゃない？　こういうの」

ようやく中の席につくと満員の店内を見回し、靖子さんはそんなことを気にしていた。

「あ、おれ？　ぜんぜん平気」

たしかに女同士の会話で、かなりざわついている。いかにもカルチャーセンター帰りのマダムといった客が多く、ＯＬふうはほとんどいない。

「で、どうだった？」

ランタンルージュの話だ。

「特にどうということもないんだけれど……」

「あそこってワイン屋さんでしょ」

「そういうわけでもないんだ。ああ、ただマスターがね、飲み物でも喰い物でもいちいち能書

きを言うから、面倒くさがらずに聞いてあげないといけないんだな、そのうんちくを」

　靖子さんは微笑みながら、

「ああそういうのね、わたし得意だから」

　たしかに、靖子さんはそういうお相手がおれなんかよりうまい気がする。

「今度一緒に行きましょうよ」

「ああ、行こう」

　もちろんそういうつもりでおれは話したのだ。

　店を出て、小田急百貨店に寄って行くという靖子さんと、改札へ向かうおれと別れる間際、

「今夜はどう？　仕事早く終われそう？」

と訊いてみた。

「え？」

「ランタンルージュ、今晩行かない？」

「ああ、ごめんなさい、今日は……。いま父が来ているのよ」

「○○さん？」

　たまたま靖子さんの父親とおれは同じ名前で、字も同じだ。

「ええ、○○さん」

　靖子さんは少し微笑んで、

「実は癌で、もうだめなの。ステージ4だって。でも本人はぜんぜん元気で、ふつうに出歩い

たりするの。不思議なんだけれど」

「じゃあ房総の方は……」

「うん、もうそっちは引き払ってこないだ兄がこっちへ連れて来たのよ」

靖子さんの父親は、外房のリゾートマンションで悠々自適の一人暮らしをしていると聞いていた。母親は十年も認知症を患った末、五年前に亡くなっている。グループホームで暮らしていたが、衰弱してきたので引き取ってほしいというのを、靖子さんも会社のことがあるから、とにかくできるだけ時間のあるときは顔を出すからと拝み倒して、最期までホームにおいてもらったのだ。

「母がいよいよ駄目みたいなの、ここ一週間か十日ぐらいだと思う……。そのときはちょっと迷惑かけるかもしれないけど、仕事の方はよろしくお願いね」

五年前、電話でそんな話をしたのが年末で、年が明けてから亡くなったようだ。最後の二日間はグループホームに泊まり込んで看取ったそうだ。

「十年かあ、認知症。それも大変だよなあ」

「そうねえ、もう慣れちゃったけれど。だんだん感情的な繋がりもなくなってくるしね。わたしが行って世話をしたって、本人はとっくにわたしが自分の娘だって認識していないし」

「そうなんだ」

「そりゃそうよ、十年よ、認知症に罹ってから」

父親はそんな妻にはほとんど寄りつかず、房総でひとり気ままに、好き勝手にやっているという話だった。

靖子さんの祖父という人は、ユニークな研究で世間の耳目を集めた工学博士だった。ある財団を作って本人が理事長になり、そちらでそこそこの財を作って東京の郊外にいくつも土地を買い、子どもたちに分け与えたらしい。長男だった靖子さんの父親は財団の理事長を引き継ぎ、リタイア後、いつからかしらないが房総で暮らしているから、靖子さんの一家はおそらく父親に割り当てられた土地に家を建てて暮らしているのだ。叔父さんや叔母さんや、何人かの従姉はすぐ近所に棲んでいるというから、きっとそうに違いない。

工学博士は北海道の炭坑町の出身で、妻は南サハリンで暮らしていたことのある人だと、靖子さんは以前そんなことを言っていたと思う。靖子さんの顔は平板で彫が浅いが、人目を惹く大きな眼をしていて肌が白い。その肌の白さがちょっと日本人離れしているので、白系ロシア人の血でも入っているのではないかと一度本人にたずねたことがあるが、

「ううん。アイヌ系じゃないかって、みんなそんなふうに言ってるけど」

そういうこたえだった。色が白いのは父親譲りで、

「息子はわたしより白いわよ、遺伝的にちょっとアルビノっぽい系統なんじゃないかな」

と言っていた。

貧しい少年期を送り、その後、成功をおさめた博士だが、その息子は靖子さんに言わせると、

「あの人は子どものころから苦労なんて一度もしたことないの。ずっと恵まれた環境のなかで、自分の好きなように今の歳まで生きてきた人なのよ」

ということになるらしい。

「ちょっと放浪癖っぽいところもあって、周りに何も言わずにふらっと旅行に出かけたりするしね」

一度スマホの中にあった写真を見せてもらったが、口の周りに白い鬚をたくわえた、なかなかダンディーな老人だった。言われてみると、たしかにアイヌ系というふうにも見える顔立ちだった。

その父親が末期癌だというのだ。

「癌ってどこの」

「膀胱癌。内視鏡で見てもらったんだけれど手術は無理だって」

「それじゃあ、これから抗癌剤とか、放射線治療とか……」

「それも無理ね。もう歳だもの、そういう積極的な治療をしたらあの人たぶんすぐ死んじゃうと思う。何もしなければ今はなんとかふつうに生活できているのよ。わたしホスピス探そうかと思って」

「ああ、そういう方向……。でも膀胱の内視鏡ってどうやって見るんだろう？」

「あら、おちんちんに決まってるじゃない。おちんちんの先から管入れるのよ」

「えー」

おれは自分がそんな検査をされている気分になって顔をしかめた。

「しかし尿道を内視鏡が通るものなのかね」

「さあ、通るんじゃない、とにかくおちんちんなのよ。わかる？　おちんちんの先から管入れるの」

靖子さんとおれはもう十分以上立ち話をしている。新宿の地下の、雑踏のように人が行き交う交番近くのコンコースで、彼女はいかにもうれしそうに、おちんちんを連呼していた。


靖子さんの息子は三月に音大のピアノ科を卒業して、九月からハンガリーに留学している。今のところは何とかいう聴講生のような資格で講義に出ているが、奨学金を得て来年度からは正式に大学院に入学できるよう、いろいろ算段しているらしい。ホームステイとか日本人同士のルームシェアとかではなく、ふつうにアパートを借りての一人暮らしだというから、

「言葉は？　だいたい何語なんだよ、英語通じるの？」

と訊くと、靖子さんは笑いながら、

「ハンガリー語っていうのがあるのよ。なんか言葉は心配ないみたい。本人は何とかなるって言っているから。それより食事がね、ほとんど自炊はしないみたいだけれど、外食も三、四日までだって。五日目になるとさすがに喰う気がなくなるって言っていたわ」

「そうなんだ」

たいしたものだなとおれは思う。食事のことなんかより、言葉が何とかなるというのがおれには信じられない。

靖子さんの一人息子と、おれのところの長男は同い年だ。こちらのご子息は、大学を中退し

てからもう三年近く自室に引きこもって、誰とも口をきかない。独り言さえ言わないから、声すら聞くこともない。十代のうちにうまくケアしておくべきだったのかもしれないが、おれも妻も希望的観測のもと、気になりながら手を打たずにやり過ごしてしまった。希望的観測ははかなく消えたが、有効な手立てを探しあぐねているうちに、事態は坂道を転げ落ちるように深刻化していく。

そんな息子の状態を、おれは靖子さんには以前から隠さず話していた。

「措置入院寸前ね、そうなるともう」

靖子さんはそういうこともはっきりと言う。

「アスペルガーで引きこもっているうちにね、こんどは心を病んじゃうのよ、精神疾患を併発しちゃうの。そういう人たくさんいるわ。二十歳を過ぎた男の子で、そのうち本人が自覚してなんて、何もしないで放置しておいたら、三十になっても、四十になっても、ずっと今のままよ」

それはおれにもわかっている。そんな人間がひき起こす事件は、嫌というほどニュースで聞かされている。

「とにかく病院に連れて行って専門家に診てもらわないと。本人を説得してなんてもう無理よ」

「そうだろうなあ。それじゃあ……」

「だから拉致よ、拉致」

靖子さんは笑いながら、

「拉致して連れて行くしかないじゃない。わたしの知り合いでそういう仕事している人いるのよ。こないだちょっと聞いたら、五万から十万円ですって」

「あいつ梃子でも動かないところがあるからなあ、暴れたりするんじゃないかな」

「ううん、それはまずないって。それは家族だからよ。他人が来れば案外おとなしくついて行くって。本人も行き詰っていて、引っ込みがつかなくなっているところもあるんじゃない。家族が相手だと甘えて強がるのよ。その人に訊いたら、抵抗するのは稀なんですって、たいていの場合二、三分でけりがつくって言っていたわ」

「う－ん。そういうことも考えないわけではないんだけれど……」

「何のんきなこと言っているのよ。考えなさい。何もしないのはネグレクトしているのと同じことよ」

そんな話をするときでも、靖子さんはいつも笑顔だ。だからおれも少し気が軽くなって、人ごとのように、ついよけいなことまで喋ってしまう。


音大生を中心にしたオーケストラグループの定期演奏会に、ゲストとして招かれピアノコンチェルトを弾くというので、靖子さんの息子の演奏を聴きに行ったのは留学する前の八月上旬だった。ラフマニノフのピアノ協奏曲第二番の第一楽章だった。演奏が終わると、客席からブラボーの声が上がり、彼は余裕のある笑顔で歓声に応え、深々とお辞儀をしたり、両手を広げたり、手をあげたりしたあと、顔の横で自ら手を叩きオーケストラへの拍手を観客へうながした。

彼はいったん袖幕に姿を消し、ほどなくしてアンコールにこたえて再び登場する。にわかに拍手が音高くなると、少し気取った表情で歩きながら両手をあげ、舞台中央で片手を胸に、片足を後ろにひいてヨーロッパの貴族がするようなお辞儀をした。そうして指揮者とひと言ふたこと言葉を交わし、またピアノの前に坐る。

第三楽章を演奏してコンサートはお開きになった。

おれは靖子さんの会社の川上さんの隣りに坐って聴いていたのだが、川上さんの向こうにはアルバイトの女性三人が並んでいた。一人はおれと同年代の中年女性で、二人は二十代半ばの若い女の子だ。そのうちの一人が、駅へ向かう道々、

「靖子さんの息子さんってすごい。すごく純な人」

と、興奮冷めやらぬ様子で言うので、

「ジュン？」

おれは笑いながら思わず聞き返えしてしまった。

「そう、純な人。わたしあんな純な人、今まで見たことも会ったこともないです」

「ふーん、そうなんだ。それでアナタなんかは、ころりと騙《だま》されちゃうわけだな」

からかい半分でそう言うと、

「うん、ああいう人なら、わたし騙されてもいい」

とまったくメロメロだった。

駅前の喫茶店に皆で入ったが、その女《こ》は、

「ホントよかった、素敵だった。あ、そうだ、今度は川上さんのピアノも聴かせてください」

と言い出した。実は川上さんも数十年前、音大のピアノ科を卒業しているのだ。

「そんな、やめてよ。わたしのピアノなんか……。彼のピアノはわたしなんかとはレベルが違うのよ、ホント、わたし恥ずかしくなっちゃう」

真面目な川上さんは本当に困ったというふうにどぎまぎしていた。そういえば開演の前に、おれも、

「川上さんは音大時代、オケと演奏したこととかあるの？」

と訊いていた。

「ないですよ、そんな大それたこと」

「そうか、そういうことできるのって、トップ３くらいまで？」

「ううん、トップ１だけ。学内の年に一度の定期演奏会で、それも全学年から一人だけよ」

そんな話だった。

靖子さんはおれに遠慮しているのかあまり言わないが、彼は大学在学中から、新進気鋭のピアニストとしてリサイタルを開いてもらっているようだ。親のあずかり知らぬところでアッパークラスのパーティーに招かれて演奏し、アルバイトとしてはちょっと考えられないような額の報酬を貰うようなこともあるらしい。

「そんなんで、あの子ずいぶんお金貯めていたのよ。こないだ額きいてびっくりしちゃった。

わたしの貯金より多いんだから」

留学費用にするために、せっせと貯めていたらしい。留学先の学校も本人が探してきて、自分で手続きをしたのだそうだ。

「なんかあの子、最近家に連れてくるたびに彼女が違うのよね」

高校生のころから、彼女を家に連れてくるという話はきいていたが、このときは少し慷慨《こうがい》を含んだ口調になった。

「いいじゃない。そういうことができるうちは、やりたい放題やっていればいいんだよ」

「何それ」

いかにも不快というふうに彼女は口を尖らせたが、すぐに落ちついて、

「それって、芸の肥やしとか、そういう意味？」

「そうそう、人の眼なんて気にしないで、本能のまま自分の生き方を貫けるようなずうずうしさが無けりゃあ、人を感動させる演奏なんてできないさ」

「……」

「たぶん芸術家になれる人間って、そういう人なんだと思う。でも話きいていると、〇〇くんは、タイプ的にはアナタのお父さんに似ているよね」

「あら、そうなのよ。あのふたり似ているの。なんか気も合うみたいで、むかしっから仲がいいのよ」

表の靖子さんは少し勝気で、シニカルに物事を見てさばけたものの言い方をするが、ふとし

たときに、彼女の裡《うち》から耳年増のうぶな少女が顔を覗かせ、ああそうかと思わされる。そのうぶな少女と、おれのなかの純な少年は、表の二人の知らないところで手を繋いでいるのかもしれない。

新宿のコンコースで、靖子さんがおちんちんを連呼してから二週間ほどして、ようやくランタンルージュへ行く約束をとりつけた。

メニューを眺めていた靖子さんは、

「アナタ前に来たときは何飲んだの？」

と訊いてきた。

「何ってまあ、いろいろだけれど……」

本当はドライシェリーを銘柄を変えながら何杯も飲んだのだが、そんなことは恥ずかしくて言えなかった。おれだってシェリーの飲みくらべなんて面倒くさかったのに、マスターのうんちくに引きずられて、なりゆき上そうなったのだ。

「ああ、メニューには書いてないけれどホットワインっていうのがあるよ。ただ温めているんじゃなくて、いろいろまじないがかかっているんだ」

それはいかにも「まじない」と言うのがふさわしい複雑な味で、魔女の作った秘薬というふうだった。シナモンの香りが強く、どうも甘ったるい感じがして、実はあまりうまいとは思えなかったのだが、寒い夜には躰が温まりそうだ。何より靖子さんにそんな怪しげなまじないをかけて、どんなふうになるのか見てみたい気がした。だが、だいたいそういう罠にははまらない人だった。

「止めとくわ。なんだか悪酔いしそう。普通のワイン、ボトルで頼みましょうよ」

そう言うとワインリストを見ながら、

「これでいいかしら」

と指をさすので、

「ああ、いいですよ」

ワインの銘柄など何もわからないから、お好きにどうぞというつもりでおれはこたえた。

「ふふ、わたしね、むかしある人から店持たないかって言われたことあるのよ」

笑いながら、靖子さんは話し出した。

「ああ、それはわかるな。アナタは水商売やっても成功する人だと、おれも前から思っていたもの」

「そう。その話持って来たのって、ある大学教授なのね」

「え……」

ずいぶん遊び人の大学教授もいたものだが、遊びだろうがビジネスだろうが、いかにも胡散臭い話だと思った。それでもそのときの靖子さんはまんざらでもなかったらしく、

「でも少し話聞いていたら、なんかわたしの好きなようにやらせてくれるっていうわけでもないみたいなの。それってつまり……」

「そりゃもちろんそういうことだろう」

「そうなのね、やっぱり」

靖子さんは正義感の強い努力家で行動力もある。だからいつも現状に満足できない上昇志向を持っていて、それが彼女を微妙にふらつかせる。あまりじっくり考えず、直観的な思いつきで動いてしまいそうにも見えるのだが、どこかで軌道修正をして、結果的には常識的なところにすまし顔で立っているという印象だ。

「ねえ、川上のこと本当に頼むわね。真面目な話よ」

おれは曖昧に笑った。

靖子さんはもう何年も前から会社をたたみたいと言っている。

「アナタうちの会社引き継がない？」

そう言われたこともあったが、自分の会社すらまともに回っていないのに、そんなことはとても無理だ。

「それじゃあ、せめて川上の面倒だけでも見てよ、ね」

川上さんは謙虚な人だから，自分は靖子さんに拾われたと思っていて、そういう意味で靖子さんに恩義を感じているし尊敬もしている。その靖子さんにいつか捨てられたとしても、それは仕方がないとまだあきらめがつくが、仮にそんなことになったとして、その先、こんなおれに拾われたと思うのは、いくら人のいい川上さんにとっても屈辱的な話に違いなかった。自分を蚊帳の外に置いて、おれと靖子さんが勝手にそんな話をしていると知れば、馬鹿にしないでと言いたくなるのは当然だ。

「靖子さんのことは何でもわかるのね」

ふたりで仕事に行った帰り、車のなかで話をしていて川上さんにそう言われたことがある。好きな女を必死に追っている男の姿が、川上さんの眼には映っているようだ。

「わたしのことは、やっぱりわかっていないわね」

ふだんの川上さんとは違う、不満げな、挑むような口調だった。


ワインのボトルはあいて、靖子さんとおれはウィスキーを飲んでいる。

「わたしね、いつか修道院に入りたいと思っているの。本当よ」
四、五か月前、四人で飲んでいたときにも靖子さんは同じことを口にしていた。そのときはため息がわりのたわごとだ、とおれは聞き流した。
だか今夜は、ふとむかしのことを思いだした。

「おれの姉貴もね、若いころそんなこと言っていて、毎晩のようにお袋と口論していたんだ」

偶然だが、靖子さんは姉貴と同じ女子大を出ている。年齢的には八歳くらい違うはずだ。姉貴は大学を卒業すると市役所に勤め、ときどきカトリックの教会に通い、本を読んで聖書の勉強をしていた。そのうちに洗礼を受け、今度は修道院に入ると言いだした。そんな彼女は十数年も前のスール・スーリールのレコードをひっぱり出してきてかけ、よく口ずさんでいた。

「ドミニック、ニック、ニックソナ、レップサンプルモン、ウチェ、ポ、ヴェイシャンタン」

アップテンポのフランス語の歌詞は、おれにはそんなふうに聴こえた。

そのレコードはむかし親父が買ってきたもので、子どものころはおれも何度も耳にしていた。親父の聴くレコードのほとんどはバロックだが、そんな中に「禁じられた遊び」や「アルハンブラの想い出」の入ったイエペスのLPとか、この「ドミニク」も混じっていた。子どものおれにはクラシックはうるさい雑音でしかなかったが、イエペスのギターやスール・スーリールの澄んだ歌声は素直に耳に入って、魂に近いどこかに眠っていた。だから姉貴が久しぶりにかける「ドミニク」には、記憶を揺り起こす懐かしさがあった。

すったもんだの末、姉貴は修道女にはならずに見合いで知りあった男と三十手前で結婚した。国立大学を出て一流メーカーに勤める、技術畑のおとなしい真面目な人だった。婚約式も結婚式もカトリックの教会で挙げたふたりだが、その後の三十年、姉貴は教会へは行っていないようだ。聖書や、宗教に関する本を読んでいるふうもない。

数年前、スール・スーリールの人生を描いた「シスター・スマイル」という映画が上映されていたが、姉貴は観ただろうか。絶えず周囲と軋轢を生じながら本能の指し示すままに生き、いつも満たされず、そして睡眠薬自殺にいたるほぼ五十年の生涯である。映画を観る限り、彼女の資質は修道女ではなく、やはり芸術家のものだと思った。

エンドロールのバックに、おそらく晩年に録音されたのであろうシャンソン風にアレンジしたスローなドミニクが流れていた。少ししわがれた、気だるい、語りかけるような彼女の歌には、思うにまかせぬ人生の深い味わいがあった。

シスターにあこがれ、食事の前にはお祈りをし、辻邦夫を読んで、ドミニクを口ずさんでいた姉貴の信心というものをおれは考える。別に馬鹿にしているわけではない。信心というものがわからない。それが本物とか偽物とか言う前に、信心の起こるとっかかりすら、おれからは遠い心情に思える。

靖子さんにも信心など似合いそうにない。人妻の靖子さんが修道女になるというのは、いかにも荒唐無稽な話だけれど、それは彼女が想い描く、彼女の美観にそった女の枯れ方といったものなのかもしれない。そんな空想がため息のように、つい彼女の口からこぼれおちるのだ。周りにいる者はみな、彼女の華やかな家族や、生活や、キャリアを活かした生き方をうらやんでいるし、彼女自身そう思われていることに満足を覚えているはずだ。しかしそれでも、靖子さんなりの孤独はきっとあるのだ。

「もう一軒行きましょうよ。今度はわたしがおごるわ」

店を出ると靖子さんはそう言った。ふたりは込み入った路地のなかを少し歩いた。

「ここでいいんじゃない」

思い出し、ある店の前で立ち止まって靖子さんを促した。前にひとりで彷徨《さまよ》ったとき眼についた、いかにも古くからありそうな、どことなく昭和の匂いのするバーだった。

薄暗い店内はかなり広く、まるで昼の雑踏のようにざわついていた。入口に近いカウンターに坐ると、若いバーテンダーが歩み寄ってくる。いかにも地方から出てきて、ようやくこんな世界の水に馴染み、そのぶん少し世間擦れしてきたかな、と思わせる男だった。ふと、おれは職を転々としていた若いころの自分自身を、重ね合せていた。短かったが、バーテンダーの仕事をしたこともあったのだ。

おれはハイボールを頼み、靖子さんも同じでいいわと言った。あまり話は弾まなかった。二杯目に口をつけるころから、ふたりはふっつりとおし黙った。酔ったというより、疲れたという感じだった。

靖子さんとふたりでいて、こんな沈黙が続くのははじめてだが、別に気づまりではない。

彼女の仕事はおれなどよりよほど忙しい。電話口の声はいつも明るいが、でもどこかカラ元気のようで、言葉の端々から疲れているんだろうなと感じることが多い。この数年、その傾向は強くなっている。

彼女の裡に積もっていく、澱のような疲労が眼に見えるようだった。

靖子さんの横顔は、おれがいることなど忘れて物思いにふけっているように見えた。寝顔を眺めているような心安さに、おれはじんわりと浸っていく。

若いころから挫折の連続だった。同年代の友人たちのなかで、おれはいつも最下位を走っているという思いだった。前を走る者の背を眺めているのが、おれの眼に映る景色になった。それは今も変わっていない。会社のことにしろ、家庭やその生活にしろ、他の何かにしろ、何ひとつ人に誇れることなどない。むかしからの劣等感を抱えたまま、いつも薄氷を踏んでいる思いだ。

しかしいつからか、そんな現実にも、気分にも、景色にもおれは馴染んでいた。負け惜しみかもしれないが、ゆっくりと、ランタンルージュを味わっていくさという心持ちになっている。

そろそろ退けどきだと思いながら、もう少しここにこうして坐っていたかった。静かになって、少ししおらしい靖子さんを横にほったらかしたまま、おれはおれで勝手な妄想にふけってみたかった。


……林の木陰に隠れるようにしゃがみ込んで、おれは新幹線の軌道を見下ろしている。ヘルメットを被った作業着姿の男たちが数人、レールの周りに集まっている。ひとりは無線を使い、どこかに状況を説明しているようだ。ゆっくりと歩きながらひとつひとつを指でさし、置かれた今川焼の数を確認している者もいる。彼が数えているのはおれの歳だ。これまで生きてきた年数、おれは自嘲をこめてレールの上に並べていったのだ。

写真を撮っていた男が、数え終えた今川焼をひとつ拾いあげて鼻先に近づけ、匂いを嗅いだ。

「おい、よさないか」

食べようとしていると思ったのか、それを見た年かさの男がたしなめた。

そんな光景を、おれは眺めている。虚ろな心の裡から、コトバの連なりが浮かび上がる。

「プロレタリアートよ、かがやく軌道の上をまったき統制のうちに驀進《ばくしん》する、世界に冠たる新幹線を支えているのはまさにあなたたちだ！」

おれは彼らの前に行って右手をさし出し、そう言おうとしている。

「おれは結局、何も信じることができなかったのだよ」

そうも言いたかった。

「そろそろ行きますか」

妄想を振り払い、靖子さんにそう声をかけた。会計をするために、カウンターのなかにいるあの若いバーテンダーを呼ぼうと、おれは心なしあつい手をあげるのだった。

レモン

レモン哀歌

そんなにもあなたはレモンを待つてゐた
かなしく白くあかるい死の床で
わたしの手からとつた一つのレモンを
あなたのきれいな歯ががりりと噛んだ
トパァズいろの香気が立つ
その数滴の天のものなるレモンの汁は
ぱつとあなたの意識を正常にした
あなたの青く澄んだ眼がかすかに笑ふ
わたしの手を握るあなたの力の健康さよ
あなたの咽喉《のど》に嵐はあるが

かういふ命の瀬戸ぎはに
智恵子はもとの智恵子となり
生涯の愛を一瞬にかたむけた
それからひと時
昔山巓《さんてん》でしたやうな深呼吸を一つして
あなたの機関はそれなり止まつた
写真の前に插した桜の花かげに
すずしく光るレモンを今日も置かう

（高村光太郎『智恵子抄』）

「レモンちゃんすくすく伸びているわよ」

妻の曜子に言われて真一は、

「え?」

と思わず聞き返した。

「あら、パパのレモンちゃんでしょ。リビングの二鉢、わたしときどき水あげているのよ」

確かに、レモンちゃんという呼び名はいつだったか真一が口にしたのだ。どこか自嘲をこめて、俺のレモンちゃんとか言ったかもしれない。

種から発芽させた鉢植えの苗木のことだった。種を採ったレモンは、スーパーで買って調理に使った物だ。

「鉢植えのままで実がなるそうだ。ただし十八年かかるんだってさ、種からだと」

真一がさらりと、悪戯っぽくそう言うと、

「十八年!」

曜子はあきれたというふうに笑った。

「そう十八年。オレが死ぬのと、レモンの実がなるのとどっちが先か競争だな」

十八年たつと真一は七十代半ばになる。父親は八十で不帰の客となったが、オヤジと同じ歳まで生きるのはとても無理だと真一は思っている。父親は酒も煙草もやらないで、仕事を辞めてからは食生活や軽めの運動など、健康管理にそれなり気をつかっていた。そうして手にいれた寿命が八十歳だったわけだから、不摂生な生活習慣をあらためようとしない真一には、七十代半ばはいいところだと自分で勝手に決めている。

十八年後、生きてこの木になったレモンを眼にできたら、ある感慨をもって、それを人生のささやかな果実のように享《う》けとめようと真一は考えている。ともかく俺はこうして生きて一果のレモンを手にしたのだ。終焉をまぢかに、そんなことに満足を覚える境地になれたらと今の真一は思う。

一雄さんの死も、彼をそんな心境にさせたひとつの要因かもしれない。


一昨年の師走だった。遅い時刻に駅まで迎えに来た曜子の軽自動車に乗り込むと、

「さっきクミコから電話があってね」

曜子は車を出しながら、少し重たげに口を開いた。年の瀬の街の賑わいが、まだ真一の酔いの底に揺らめいている。

「一雄さんが亡くなったんですって」

不意をつくような話だった。

「いつ？　どうして……」

「それが先月らしいのよ。もう一か月以上も前……。誰にも知らせなかったんですって。本当に身内だけの家族葬ですませたみたい」

「どうして死んだの」

「それがわからないのよ。クミコ泣き崩れちゃってね、何を訊いても要領を得ないの。ただ泣くばっかりで……」

真一はため息をついた。

ひと月あまりの張りつめた緊張が解け、堰を切ったようにあふれ出すクミコの悲嘆と混乱が、真一にも伝わってくるようだった。

クミコは韓国人だから、異郷の日本に身寄りはいない。

「パパさんとか、みんな元気？」

彼女らしい日本語で、クミコはそう曜子に切り出したらしい。久しぶりの電話に、どうしたのかしらと不審に思いながら、うん、まあなんとかねと答えると、

「お姉ちゃん、一雄さんがね、死んじゃったの」

途中からクミコの声は震え出し、嵐のような号泣がはじまった。曜子が何を訊いてもまともな答えは返ってこない。葬儀のとき、アイゴー、アイゴーと泣き叫ぶという哭《な》き女が、曜子の頭にふと浮かぶ。久しぶりにみんなと会いたい。そうして話を聞いてほしいと、それだけは曜子に伝わった。

「そうね。今は年末でみんな忙しいだろうから、年が明けてからね。わたしがみんなに連絡して都合を聞いておくから……」

そう言って落ち着かせ、曜子は電話を切った。みんなというのはむかしのママ友仲間のことだ。曜子夫婦には三人の子どもがいて、間もなく二十歳になる末の次男が幼稚園に通っていたころからの母親仲間だ。中学くらいまでは同じ学校に通っていた者が多かったから、以前は年に一度くらい集まって飲み会をしていたが、この五、六年は疎遠になっている。どこかでばったり会うようなことも最近はなかった。

真一はクミコと直《じか》に話すことはないし、夫の一雄さんとは何度も顔をあわせているが、会話を交わした記憶は皆無に等しい。だからこの夫婦について真一の知っていることは、みな曜子づてに聞いた話だった。

「旦那さんは日本人でね、ふたりとも日本語、韓国語、英語の三か国語話せるんですって」

最初に印象に残ったのはそんな話ではなかったかと、真一は思い返す。

「へえー、インテリなんだな」

「そう。でも、ちょっとそんなふうに見えないでしょ」

笑みを浮かべながら曜子はそう言った。

クミコは小柄で少し浅黒く、人目を惹くような容姿ではない。いつもほとんどノーメイクで服装も地味だった。真一と眼が合ったりすると恥ずかしそうにそらすのが、いかにも男馴れしていない初心《うぶ》な感じに見えた。日本人同士の微妙な空気が読めないから、ちょっとした物言いに皆をひやひやさせたり笑わせたりということがある。それでも本人は臆することなく思ったことを口にするので、裏表のない素直なところに、親しい周囲の者は好感を持つようだ。日本人から見ると物事の捉え方が少しユニークに映るということがあるのだろう。グループの中ではすっかりいじられキャラになって、本人もそういう役どころを心得て屈託なく振舞っていた。

一方、夫の一雄さんは目鼻のどこかに特徴があるというわけではないが、一度会うと忘れない個性的な顔立ちをしていた。曜子によると、種目は忘れたが高校までずっとスポーツをやっていて運動神経はいいらしいが、体型がどことなくアンバランスでそんなふうには見えない。クラリネットの腕もなかなかで、大学生のころ、当時テレビによく出ていたある歌手の演奏をバックでしたり、軽音楽のようなサークルに所属してコンサートなどにも出演していたようだ。もちろん勉強もできただろうし、ひと通り何でも器用にこなす優等生だったわけだ。

だが、一雄さんに対して真一は無口でおとなしい人という印象を持っていた。見た目や雰囲気に華やかさや派手な押出しはなく、むしろシャイで朴訥に見えた。そのぶん誠実そうで、眼鏡の奥の眼光に意志の強さを感じさせる静かな力があった。

大学を卒業すると一雄さんは韓国の財閥グループの、日本法人に就職した。韓国への出張が多く、現地の同じグループで働いていたクミコと知り合い親しくなったのだそうだ。

曜子は結婚が遅かったから、クミコは曜子より十歳くらい若く、一雄さんも真一より少なくとも五、六歳は歳下のはずだった。

年末年始は真一の家もなんだかんだとバタバタした。しかし曜子はクミコとの約束どおり、むかしのママ友に一人ひとり連絡をとっていた。どこの家も子どもの受験や親の介護で忙しそうだった。みな更年期で自分自身も何かしら体調不良を抱えている。今は夜に家を空けるのは難しいという者もいて、一月末の土曜の昼に、駅前あたりでランチでもということに話はまとまったようだ。

「一雄さん、もしかしたら自殺だったんじゃないかな」

ママ友仲間の集まりの日取りがようやく決ったと聞いて、真一は気になっていたことを口に出して言ってみた。一雄さんが勤めを辞めて小さな会社を興したのはかれこれ十年近く前で、真一が独立するより三年くらい早かったと思う。そのころの真一は、まさか自分も独立するなど夢にも考えていなかったから、話を聞いて一雄さんの行動力と勇気に、たいしたものだといたく感心したものだった。

真一のような者でも、会社を始めるときには、どうにもたちゆかなくなれば最後は保険金でなんとか始末するさと考えたくらいだから、責任感の強い一雄さんなら、いざとなればいつでも腹を切る覚悟は持っていたに違いないと真一には思えた。

だが曜子には男のそんな覚悟は時代錯誤の陳腐なものに映るらしい。あなたじゃあるまいし、インテリはそんな馬鹿なことしないわよと、真一の言うことには懐疑的だった。真一は、事業に失敗して自殺をした男をこれまで二人見てきているから、組織を外れて同じ立場に立ってみると、そんな決断だってあり得ないこととは思えない。

一雄さんの、無口で静かな表情の底にある男気というものを、真一は肌で感じるのだった。

曜子のママ友仲間では苗字にさん付けとか、ファーストネームにちゃん付け、愛称など人によってそれぞれだが、グループ内でその人の呼び名は決まっていて、どこの家でも夫などに話をする場合、それで通しているようだ。だから夫の側でも、呼び方ひとつで女たちの関係性がなんとなく見えてくるところがある。ひとり歳の離れている曜子は「お姉ちゃん」と呼ばれていたし、いじられキャラのクミコの場合は「クミコ」と呼び捨てといった具合だ。

クミコという呼び名は、韓国で生まれたときからの名を日本語読みにしている。漢字だと「久美子」で、韓国では「グミジャ」と読むのだろう。たまたま日本と韓国と、どちらにもある女子の名前だった。

真偽はわからないが、韓国で女子の名に「子」をつけるのは、比較的家柄の良い家系に多いという話を真一はどこかで聞いた覚えがある。曜子の話を聞く限りクミコは努力家で、良くも悪くも妥協を許さず意思を通す人という印象があるから、その辺は真一の頭の中でなんとなく繋がっていた。

だが、家柄はともかくクミコは幼いころに父親を亡くしていて、母一人娘一人の母子家庭で育ったそうだ。困窮した生活を送っていたわけではないが、母親もそれなりに厳しい人で、決してクミコに贅沢をさせなかった。そんな暮らしの中で彼女は質実な気風を身につけ、努力家の資質を伸ばしたようだ。贅沢を厭《いと》う彼女は、家計を握って夫や子どもに対してもそういう面

で妥協をしない。それでママ友たちはクミコの話を聞きながら、あんた本当にケチねえ、一雄さん可哀相だわと笑うが、クミコは、

「そう。わたしケチなの」

と、むしろケチと言われるのが褒め言葉であるかのように、ますますケチ自慢を始めるらしい。

曜子はただ面白がってそういう話をするのだが、よくよく聞いていると倹約するべきところはケチを貫くが、たとえば子どもの情操教育に関することなどにはきちんと支出している面もあって、そんなところにエリート家系の系譜とか矜持《きょうじ》といったものを、真一は垣間見る気がするのだった。

雪国の片田舎で生まれ育った曜子にはむろんエリート意識などないが、衣食に関してまるで無頓着で、質素とか辛抱とかを美徳と考えるから、そこにクミコの価値観と通ずるものがあって互いにシンパシーを感じるのだろうな、と真一は思っていた。二人は上の子どもも同級生だったから、他のママ友たちより以前からの、心安い間柄なのだった。

結婚した当初、同じ市内に棲《す》んでいる一雄さんの母親はクミコの地味な服装が気になるのか、ブランド物のコートやバッグなどを買って、これ着たら、使ってよと持ってくることがあったらしい。クミコはそんなものは自分に似合わないと思っていたし、そもそも外見ばかり気にする女をどこかで軽蔑していたから、姑からの贈り物はみな箪笥の奥に押し込んだまま、

袖を通すことも使ってみることもしなかった。

一方でこんなエピソードを、真一は曜子から聞いたことがある。

上の子どもが生まれて一歳になるかならぬころ、その子をベビーカーに乗せて散歩をしていると、ある家の門前に置かれた一本のトイレットペーパーがクミコの眼にとまった。

「あら、こんなところにトイレットペーパーが落ちている」

白い再生紙にくるまれた軽い包みをクミコは迷わずに拾い上げ、ベビーカーのポケットへねじ込んだ。そうしてそのまま車を押して歩きだす。すると隣りの家の前にも同じようにペーパーが落ちている。

「今日はなんだかついているわ」

クミコはそれも拾ってベビーカーのポケットへ入れる。不思議なことに、一軒か二軒とんだ先の家の前にも、道の反対側の門の前にも、そこここにトイレットペーパーは落ちているではないか。クミコは、小鳥や精霊たちのいる森の中に迷い込んだ気分になったのかもしれない。ベビーカーの取手にぶら下げたトートバッグの中も一杯になると、坐っている子どもの膝の上に白い包みを置いて、うきうきとした心地で家へ持ち帰った。

もちろんトイレットペーパーは落ちていたのではなく、古紙回収業者が古新聞と引き替えに置いていったものだが、クミコはそんなことは知らなかった。

夜一雄さんが帰ってくると、彼女は得意気にその話をした。すると、

「バカ、お前がやったことはドロボーと同じだぞ」

一雄さんは古紙回収の仕組みを説明しながらそう言って叱り、

「明日、朝のうちに全部元あった場所へ返してこい」

と、有無を言わせぬ口調で命令した。ふだん穏和な一雄さんのこのときばかりの剣幕に、彼女は何も言えなかった。

「それでクミコどうしたのよ。返しに行ったの？」

話を聞いていたママ友たちに尋ねられると、

「わたし返しに行ったよ。しかたないもの。わたしドロボーになりたくないから」

恥ずかしくて情けなかったと、クミコはそのときの心情を素直にみんなに語ったが、この話にはさらに後日談があった。

それから数年後に、韓国で暮らすクミコの母親が来日して彼女たちのマンションに泊ったときのことだ。母親が近所にひとりで散歩に出ると、クミコと同じことをしてトイレットペーパーを山ほど部屋に持ち帰ってきたのだ。

古新聞の回収など二か月に一度くらいのことだから、その日に母親の来日が重なるというのも、たまたまにしろうまくできすぎている。クミコは思わず笑いたくなったが、一雄さんのあのときの気色ばんだ表情と、異国の習慣がわからずひとりせつなくなった心持ちが同時に甦ってきた。

「オモニ、それ駄目よ。ドロボーになっちゃうよ」

クミコは少し大げさに、慌てた口調で言った。

「え、ドロボー?」

事態が呑みこめず、ただ呆気にとられている母親に説明をして、

「とにかく、返しに行かなくっちゃ」

クミコは立ち上がると、親子二人でトイレットペーパーを戻して回ったそうだ。

クミコのことだから夜一雄さんに詳しくその話をしたに違いないが、彼はどんな顔をしただろう。

ブランド物のコートやバッグにまるで眼を向けない彼女が、トイレットペーパーを嬉々として拾い集める姿を想像すると、真一は何だかクミコがお伽噺の中で、森の中をひとりさ迷う少女のように思えるのだった。


サッカーのワールドカップが日韓共同開催されたときだ。両国とも予選リーグを突破して決勝トーナメント進出が決まったので、

「日本もよくやったけれど、韓国も強いね。お互い頑張ろうね」

ママ友たちがそうクミコに声をかけると、

「いいよ、そんなこと言わなくて。わたし韓国嫌いだから、日本応援しているんだよ」

と、本音とも思えないがそんな反応だったらしい。サッカーそのものにもあまり興味がなかったのかもしれない。

その後日本はトルコかどこかに敗れてしまったが、韓国は強豪イタリアに勝ってテレビでも

大騒ぎになったので、曜子が翌日、

「おめでとう、クミコ。韓国すごいじゃない」

と祝うと、クミコはうれしそうに、

「うん、ありがとう。わたし、昨日テレビ観ながら泣いちゃったよ」

今度は素直にそうこたえた。

クミコが「韓国嫌いだから……」と言ったのは、日韓の難しい国民感情が絡んでいると真一は思っている。

クミコが子どもを連れて韓国に里帰りしたとき、親戚の者たちがたくさん集まって歓待してくれたのだが、彼らはみな口を揃えて、

「グミジャ、あなたどうして大切なオモニを一人置いて、日本なんかへ行っちゃったの。日本人は嫌な人たちでしょう？　可哀相に、あなた日本でみんなに苛められているんじゃないの」

そう心配されて閉口したと、クミコは日本に帰ってからママ友たちに話していた。

「そんなことないよ。韓国人も日本人も同じ。嫌な人もいれば、親切ないい人もいる」

クミコはいつものように臆することなくそう言ってきたらしい。

「そんなの当たり前のことじゃない。なんでそんなことがわからないんだろう」

日本の植民地支配や在日同胞の不当差別を念頭に親族の者たちは言っているわけで、それはクミコにもわかっているはずだ。彼女自身一雄さんと結婚して日本に来たばかりのころは、チマチョゴリを着た民族学校の女子学生を見かけると、思わず緊張が走って足がすくんだとい

う。在日同胞のうち民族学校へ通うのがノースコリア系だということを知っていたわけで、東アジアの強国の狭間で、この半島がたどった屈辱と苦難と緊張の近代史は、クミコのような世代にもそれなりに浸みこんでいるのだ。

一雄さんの父親は誰もが知っている有名会社で重役を務めたような人だそうだが、その父親と一雄さんの間には確執があって、同じ市内で暮らしながらまったく交流はないらしい。母親とは一応付き合いはあるものの、クミコも一雄さんも派手好きなこの人を敬遠して、さほど親しくはないふうだ。真一たちより若い、二人とも一人っ子のこの夫婦は、意識的に血縁から離れたところに家族の根を張っているように見えた。多かれ少なかれ、そういう意思を共有しなければ国際結婚は難しいのかもしれないが、彼らの場合そもそもそこに踏みきれる素地に、親子にまつわる何かがあるような気が真一にはしていた。

クミコは来日してもう二十数年になるが、数年前に一雄さんも同行して韓国へ帰ったおり、親族の誰かに母親の今後の生活について、経済的なことも含め色々と頼んできたらしい。曜子づての話なので詳しくはわからないが、母親の財産目録のようなものを作って、信頼できる人に預けたのかもしれない。将来はこういう施設に入ってもらって、というようなことまで話し合われたようだった。

*

曜子は思いのほか早く帰ってきた。

ランチとかいっても結局帰ってくるのは夕方だろうと思っていた真一は、

「なに、早かったじゃない」

と、曜子の顔を見るなりそう言った。

「あら、ランチだもの。こんなものよ」

曜子はどこかぼんやりとした表情だ。

いつもは夫の悪口を言い合って、とりとめなく盛り上がっているに違いないが、今日ばかりはクミコの手前そういう話はできなかっただろう。むかしは皆どんぐりのせいくらべだった子どもも、成長するにつれどんどん差がついてくる。そうなると通り一遍のことは訊けても、その先の詳しいところまで話は進めにくい。借家暮らしだった者が家を建てて引っ越したり、親と同居をはじめたり、暮らし向きも生活上の問題や興味も変化するから、五、六年も会わずにいると共感できる話題は少ないのかもしれない。

「一雄さん、癌だったんですって」

やっぱりあなたの言うことは間違っていたわよ、と言いたげだった。

「そう……」

真一はこたえながら、クミコや子どもたちのことを思うと少しほっとした。

「会社で倒れて救急車で運ばれたんですって」

それがいつごろのことかはっきりしない。すでに余命宣告を受けるまでに癌は進行していたということのようだ。

膵臓癌か何かだろうか？　無口だった一雄さんを思い、物言わぬ臓器という言い方が、ふと真一の頭に思い浮かんだ。冴《さ》えない面持ちの曜子はひとりで何かを考えているのか、それ以上はあまり話さない。

十年以上前になるが、休日に曜子と子どもたちとそろって買い物に出かけたとき、車の中から一雄さん一家を見かけたことを真一は思い出している。正確には真一が見たのではなく、助手席に坐っていた曜子が見たと言ったのだ。

「あら、クミコだわ。ほらパパ……ふふ、見た？」

「え？」

「なによ、見なかったの、今の」

「なんだよ」

「クミコたちが歩いていたのよ、家族そろって。そしたらね、クミコと一雄さん喧嘩してたの。びっくりしたわ」

「何でわかるんだ」

「クミコが口尖らせて何か言ったら、一雄さんね、持っていたバック道に叩きつけたのよ。あの温厚な一雄さんがねえ……、あんなことするんだ」

バス通りに面した歩道だからそれなりに人目のある場所だった。自分たちだって始終喧嘩する癖に、よその夫婦の喧嘩はよほど面白いのか、曜子はなんとも愉快そうだった。あの温厚な一雄さんがねえと感慨深そうに曜子が言ったのが、なぜか真一の頭にこびりついている。

その後、真一夫婦の間でクミコや一雄さんのことが話題にのぼることはなかった。

ある朝、勤めに出るのに駅に向かって歩いていると、数か月前の記憶が不意に浮かび上がった。そう言えばということなのだが、昨年の暮れ、曜子にクミコからの電話の件を聞いてから、なぜ今まで思い出さなかったのか真一には不思議な気がした。

真一が歩いていたのは小さな川沿いの、この時期は裸木《はだかぎ》になった桜のある遊歩道だった。彼が生まれる前から川の土手沿いに桜の並木はあったが、今ある木はその後土手が崩され、河川改修が行われたときに植え替えられたものだ。それからでも、五十年近くがたっている。

真一が思い出した数か月前のことというのは、ここでクミコに行合ったことだった。十月の末だったか十一月の初めだったか、桜の葉が色づいて落葉が始まるころではなかったか。出勤時間だから朝の七時過ぎのはずである。

クミコは歩道の入り口から真一の方へ向かって歩いてきた。真一はあと数メートルで彼女が入ってきた口に歩道を抜けるところだったから、出合い頭といったふうになった。クミコを見るのはおそらく数年ぶりのことだ。

彼女は沈鬱な面持ちで俯いていた。

「ああ……」

思わず真一の口からそんな声が洩れた。それを聞いてクミコも真一に気づいたようだ。顔を上げ、

「ああ、おはようございます」

と、いかにもぎこちない作り笑いを浮かべて、クミコは静かに言った。真一も鸚鵡返しのような挨拶をした。彼女は手ぶらで、コンビニに買い物というふうでもない。こんな時刻に散歩というのも不自然だった。擦れ違ったあとまで、クミコの精彩のない暗い表情が気にかかったのだが、この些細な出来事はほどなくして彼の記憶から消えてしまっていた。

後で考えれば、いよいよ一雄さんの容態が悪化して、死を現実のものとして享《う》けいれなければならない時期だったのではないか。もしクミコの行合ったのが真一でなく曜子だったら、クミコはその場で泣き崩れていたかもしれない、と真一は思った。


初夏のころだった。ぼんやりと眺めていたテレビの園芸番組で、レモンを鉢植えにする方法をやっていた。真一は園芸には興味がないから、そんな番組を観ていたのはたまたまのことだ。

「簡単なんです。鉢のままで実がなるんですよ」

女性アナウンサーを相手に男が笑顔でそう話し、

「十八年くらいかかるんですけれどね。実がなるまでには」

と、ちょっととぼけたようなことを言った。

「あらまあ、そんなに……」

今度は女性アナウンサーが笑いながら大げさに驚いて見せる。

何気なく聞いていたそのやりとりが、真一の気を惹いた。

種の外側の硬い皮をむき、トレイに脱脂綿を敷いて水を含ませた上に並べる。二週間くらいで発芽するので、双葉がしっかり開いたら鉢に植えるというような説明だった。

確かに簡単そうだった。俺もやってみるかなという気分に、そのときの真一はなった。

それからひと月くらいして、週末に曜子とスーパーに買い物に行くと、真一は棚に並んだレモンに手を伸ばした。掌に載せてみるとなんだかずんぐりとした小さな実だった。梶井基次郎が、マントの裡《うち》に忍ばせた檸檬はもっと重量感があっただろうし、高村光太郎が妻に手渡したレモンはもっと瑞々しかったはずだ。真一はそんなことを思って少し迷ったが、こんなずんぐりとしたぱっとしないレモンが俺らしくていいのかもしれないと、いつもの自嘲癖がでて、その実を曜子が押しているカートの籠の中へ入れた。

真一は、ありあわせの物で簡単な料理を作ったりするのが好きで、土日の昼食や夕飯などは曜子に手伝ってもらい、彼がイニシアチブをとって作ることが多い。その晩は鶏肉をソテーにしたので、真一は買ってきたレモンを二つに切って絞り、スプーンで種をすくってガラスの器にあけておいたが、それはキッチンの天板の隅にしばらく放置したままになっていた。

会社でも家でも、真一のやる仕事はいつもそんな調子だった。キッチンに立つたび眼にしながら放っておいた種はそのうちに干からび、真一はようやくその気になって小鉢の中の粒を指先でつまんでみた。種はどれも小さかった。表面の硬い皮を剥《は》ごうと爪を立ててみるが、力を加えると小さな種は指先から滑り落ちてしまう。何度やっても駄目で、彼はすぐに皮をむくのをあきらめてしまった。

「ママ、脱脂綿!」

曜子に声をかけ、不燃ゴミの中から発泡スチロールのトレイをひとつ拾って流しで洗う。曜子が出してきた化粧用のコットンをその上に敷いて水を含ませ、十粒あまりの種を硬い外皮のついたまま上へ並べた。真一はそれを二階の洗面台の上に置き、ときどき水を足していた。しかし種は一週間たっても、十日たっても何の変化もなく、そのうちにコットンのあちこちに黴が生えてきてしまった。

真一はホームセンターへ行ったついでに園芸コーナーに立ち寄り、種子を発芽させるためのキットを買った。直径四センチくらいの土と紙を混ぜて圧しつぶしたマットが、卵を入れる容器のようなプラスチックケースに十個並んだものだった。円の真中に種を置く臍のような凹《へこ》みがある。

容器に水を満たすと、マットは水を吸い込んで三、四倍の高さに膨らんだ。真ん中の臍の穴へ、トレイから拾った種を一粒ずつ落としていく。真一はその容器を、今度は夫婦の部屋にしている和室の棚の上に載せておいた。週に一度くらいたっぷり水を与えていたが、ひと月以上たっても発芽しなかった。

うまくいかなかったな。べつに落胆するでもなく、真一はレモンの種子のことは忘れかけていた。

ところがある日、棚の隅で埃をかぶっていたような容器の種の先から、芽が出ているのに真一は気づいた。最初に発泡スチロールのトレイに種を置いてから、おそらく二か月はたっている。よく見ると、出かかっているものも含めて芽のある種は三つあった。硬い外皮を突き破るようにして、白い突起が顔をのぞかせていた。

三、四日のうちに白い芽はひょろひょろとのび、黄緑色の葉をつけた。ほかにも芽が出たり葉が生えかかっている種子が、二つ三つあった。

週末に真一はホームセンターへ、植木鉢と園芸土を買いに行った。

そんなことをしているうちに晩秋になった。

一雄さんが亡くなってちょうど一年である。真一は曜子と二人で数キロ離れた市内のショッピングモールへ買い物に行った。子どもが小さいころは月に一度は来て半日近くを過ごしていたが、今ではせいぜい年に一度くらいである。よく来ていた時期は、駐車場に入るのに同じようなファミリー層の車が数珠繋ぎになるようなところだった。

たいした買い物ではなかったので用事はすぐにすんだ。しばらく来ないうちにテナントの店舗や、レイアウトのかなり変わったショッピングモールを真一と曜子があてもなく歩いていると、あるコーヒーショップの前に出た。その店は以前からあったが、二人とも中に入ったことはない。

「ああここか。彼女まだここで働いているの？」

クミコがこの店で働いているのだと、かなり前に真一は曜子から聞いていた。子どもたちを連れてよく来ていたころの話だから、もう十年近くになる。

「うん、たぶんね。でも今日は日曜日だから休みなんじゃないかな」

店舗の二辺がガラス張りで通路に面している。真一は薄暗い店内をガラス越しに眺めながら、角を曲がって入口の前まで歩き、そこから中を覗いた。

「どう、いる？」

「どうかな」

真一はこの数年でかなり眼が悪くなった。薄暗いところで少し離れると、人の顔の判別がつき辛い。じっと眼を凝らしてから、

「ああ、いたよ。たぶん彼女だと思う」

カウンターの中に二、三人の制服を着た店員が接客をしているが、一番右の女性がクミコに似ているように真一には見えた。どこどこというふうに曜子が真一の横から店内を覗きこみ、

「ああ本当だ、クミコね」

と言うので、真一は曜子を促して店内に入り、カウンターの列に並んだ。

「クミコすごいのよ。星いっぱい持っているんだって」

アメリカで生まれたコーヒーショップのチェーン店だった。従業員のほとんどはパートだ

が、社内に試験制度があってその試験に合格するとひとつ星が与えられ、時給も少しアップするらしい。試験は年に一度だけだから、何年も働いて毎年のように合格しないと星の数は増えていかない。負けず嫌いの努力家だから、クミコはしっかり準備をしてそんな試験は手堅くパスして行くはずだ、と曜子の話を聞きながら真一は思った。

真一はカウンターの前で順番を待っている間、クミコの仕事ぶりを見ていた。この店は商品が複雑で、飲み物ひとつでもサイズや中に加えるものなど色々選択肢があるから店員の応対は大変そうだ。クミコはてきぱきと要望を聞いたり説明をして、相手の表情を確認する大人らしい余裕もある。美容院できちんと染めたようなショートヘアーに、すっきりとした薄化粧だった。接客業だから仕事のときのそんな身だしなみはふつうなのかもしれないが、むかし子どもの学校行事や、週末にどこかでばったり会ったときとはずいぶん違った印象だ。

一組の接客がすみ、次の客を呼ぼうと客の並ぶ列へ目を向けたとき、クミコはようやく真一たちに気づいた。あら、という驚いた表情をして、すぐに親しげな視線を送ってきた。

一列に並んだ客が、先頭から順番に応対の終わった店員に呼ばれるので、真一たちはクミコの前に行けなかった。後で考えれば次の人に順番を譲ればよかったのだが、真一も曜子もこんな店は不慣れなので頭が回らない。オーダーがすんで店員が商品を作っている間に、クミコがさっと二人の前に顔を出した。

「どうしたの？　二人そろって」

「うん、ちょっと買い物に来たものだから、いるかなあと思ってね」

「そう」

クミコは真一と曜子を交互にじろじろと見て、

「いいわねえ、なんか。羨ましいよ」

と笑顔で、どこか悪戯っぽく言った。

いつものことだが、真一も曜子も着たきり雀のみすぼらしなりだった。夫婦そろってどんどん横着になり、近頃はどこへ行くにもよれよれの服装だ。クミコにしげしげと見られるのはなんとも気恥ずかしかったが、彼女の「いいわねえ」という言い方には、実感がこもっていた。

店を出る前に挨拶だけでもして行こうと、曜子としばらく店の隅に立ってクミコの接客が終わるのを待っていたが、少し時間がかかりそうだった。

「仕事の邪魔しちゃ悪いから行こう」

真一が曜子に声をかけて、二人は店を出た。

クミコはまだ四十代だ。仕事をしている彼女はすっきりとして覇気もあり、以前よりも若々しく見えた。

＊

彼岸は年度末の仕事が忙しくて、真一は墓参りに行けなかった。歩いて十数分の丘の上に家の菩提寺と墓地はある。曜子が、八十七になる脚の弱った母を軽自動車に乗せて墓参に連れて行ってくれたが、子どもたちは一人もついて行かなかったらしい。

ようやく真一の仕事が落ち着いたのは、川沿いの桜若葉が日に日に茂っていくころだった。彼はある朝一人で、寺の参道の急な階段をゆっくり登っていた。上へ着くと来た道を振り返り、駅の方まで真っ直ぐのびる参道と、平野に建ち並ぶ家々、朝霞《あさがすみ》のなか、その向こうをゆったりと蛇行する大河を眺めて、深呼吸を一つした。それから踵《きびす》を返して仁王門をくぐり、少し開けた広場にある枝垂桜《しだれざくら》の古木を横目に、祖師堂の脇を通って墓地へと入って行く。

この寺では、何年か前に無縁墓を整理して新しい墓地の分譲を始めたが、そのときに共同墓地を一つ造った。高い台座の上に、人の背丈くらいのお釈迦様の立像を建立した立派なものだった。

余命宣告を受けた一雄さんは、残された時間の中、クミコと二人で墓地を探して回ったそうだ。そうして選んだのがこの共同墓地だった。クミコたちの棲むマンションはこの寺のある台地を背にして建っているので、参道の階段を登ればすぐにここへ来ることができる。

真一は、その共同墓地の前に立った。線香も花も何も持っていないので、ただ釈迦像に一礼をして、立ったまま手を合わせた。しばらくして、視線を落とした左の手に、レモンを持つ丸い形を作る。

真一はもう一度眼を瞑《つむ》った。掌にあるのは、十八年後にレモンちゃんの木になった幻の実なのだ。

すずしく光るそのレモンを、一雄さんの骨の入ったこの墓前に、真一は置こうと思っている。

蛇

蛇

蛇をながむるこころ蛇になる
ぎんいろの鋭き蛇になる
どくだみの花あをじろく
くされたる噴井《ふきゐ》の匂ひ蛇になる
君をおもへば君がゆび
するするすると蛇になる

（室生犀星『抒情小曲集』）

二十数年前になる。

翌年早々に結婚することが決まったので、夫となる恭介を連れて郷里に帰省したとき、亜希子は三十三になっていた。父親の話によると、亜希子は中学の同級生の中で唯一残った独身女だそうだ。田舎のことだから、どこそこの家の誰がどうしたという噂話は集落の日常会話になっているが、実家に帰ると映子もそんな話を父親から聞く。数年前には見合い話があって、気の進まぬまま東京で一度だけ会ったがそれ以上進展することもなく、以来その手の話はすべて断っていた。そんな中、数年間付き合っていた二つ歳下の恭介が、重い腰をあげるといったふうにその気になってくれて、亜希子もようやくかたづくことになったのである。

五月だというのに、日陰には雪がまだ融けきらずに残っていた。雪深い丘陵地帯にある寒村が彼女の故郷だ。近年は暖冬で雪の少ない年もあるが、亜希子が子どものころにはそんなことはめったになかった。毎年屋根の高さにまで雪が降り積もり、雪囲いをした暗い家の中で数か月を過ごすことになる。

秋はじとじとと雨が降る。それがいつか霙《みぞれ》になって、夜には雪に変わる。翌朝目覚めると、隙間風の吹き込む硝子窓の外に一面の雪景色が広がっている。頁をめくるように、その日から長い冬が始まるのだった。

午前中家に着くと、父親は留守にしていた。亜希子と恭介は深夜に車で東京を発っていたから、明け方には到着するはずだと朝早くから待っていたが、朝食をすませてもやって来ないのでしびれを切らせて山菜取りに山へ入って行ったという。長男である弟もばつが悪いのか出かけていて、家には少し耳の遠い母親一人が残っているばかりだった。

茶を飲んでしばらくゆっくりしていた二人は、ほかにすることもないのでその辺を散歩することにして家を出た。

亜希子の実家は雪国特有の中門造りで、おそらく明治初期に建てられたものだ。茅葺の屋根は、今はすっぽり焦げ茶色のトタン板で覆われ、それが家族の暮らしの上に載った大きな漬物石のように見えた。この家で生まれ、そして出ていき、あるいは死んでいった者がいったい何人いるのか亜希子は知らない。おそらく家長である父親にも、正確な人数はわからないのではないか。

亜希子は小さな畑を横目に通り過ぎ、田んぼの畔に入る脇から、木々の間のじめじめとした小径へ歩を進めた。それは綿屋《わたや》の裏庭へ通じる抜け道だった。恭介も亜希子についてくる。

綿屋というのはかつて庄屋を務めていた本家にあたる家の屋号で、ふだんは誰も棲んでいないが、東京で建設関係の会社を営む旦那様は年に数度帰ってきて、この集落の名主としての体面をかろうじて保っている。

本家の敷地は一段高くなっているから、黒い土の斜面を削った階段を数段上ることになる。幼いころは毎日のように通ったところで、彼女の中《うち》では知りつくした庭のような気安さがあった。しかし久しぶりに足を踏み入れると、日陰のぬめぬめとした段々の土が黒光りする鯰《なまず》の背のように見えた。どこか異界への入口といったふうでもある。

屋敷林の樹木の間を抜け、母屋の西側の開けた裏庭に出る。屋根から落ちた雪がところどころにかたまって残り、落ち葉の混じった土をじくじくと濡らしていた。冬の間、家の窓を覆う雪囲いの嵌め板がまだ外されずにそのままだ。その板を嵌めるのも外すのも、留守の綿屋の管理は亜希子の父親の仕事だった。

興味深かげにあたりを見回している恭介を連れて玄関の前を通り、大きな屋敷のまわりを半周すると、東側の大きな庭まできた。

「あー」

落胆がため息になって亜希子の口から洩れた。

「あんな立派なお庭だったのに……」

自分が幼かったころの綿屋を亜希子は思い出している。

「ねえ、これ見て。池の跡よ」

言いながら、亜希子はすたすたひとり歩いて古い池のふちの、ひときわ大きな平たい石の上に立って中を覗くように眺めた。

池の中に水はなく、落ち葉が積もり、入り組んだふちの組石のあいだからは雑草がのびていた。おびただしい量の落ち葉の中に、崩れた灯籠が埋もれているのが見える。池の狭《せば》まったところで、向こう側へ渡る大きな飛び石が連なっているのはむかしのままだった。

「ここなの、いつもここから鯉にエサをまいていたの」

亜希子の頭には清治旦那の温和な顔が浮かんでいる。清治は先代の旦那様で、亜希子が幼児だったころすでに初老の人だった。亜希子という名は清治がつけたものだ。分家に生まれた子は、本家の旦那様が名付け親になるのがむかしからのならわしだった。

朽ちた池をしばらく眺めていた亜希子は、恭一をうながして庭の中を少し歩く。湿った日陰にどくだみが強い匂いを放っていた。そういえば子どもだった数十年前も、そこにその草が生えていたと思い出す。自由に綿屋の庭に出入りしていた亜希子は、湿った土の上にしゃがみ込んで遊んでいた。どくだみの癖のある匂いも慣れてしまえばそれほど気にならない。

あおじろい花の咲くころ、近くに蛇いちごが紅い実をつけているのが少女の気を惹いた。紅く熟れた実に軽く指先で触れると、小さな種のぷちぷちとした歯触りと、果汁の甘酸っぱさが彼女の想像の中に広がり、思わず摘み取って口に含んでみたくなる。だが、旦那様は毒があって食べられないと言う。それは蛇が食べるいちごなのだと、薄ら笑いを浮かべたのだった。

小学生になってから、友達と遊んでいた亜希子は、綿屋の屋敷近くで草の上をするすると動くヤマカガシを見たことがある。青大将は見なれていたが、黒と赤の縞模様の、そんな蛇を見たのはたぶん初めてだった。それで亜希子は、ふと綿屋の庭に生えていた紅い蛇いちごの実と、薄ら笑いを浮かべた旦那様の顔とを思い出した。蛇いちごを食べるのはこの蛇なのかもしれない。何か秘密めいたものを感じ、どくだみの匂いがむずむずと鼻の粘膜を刺激したような気がした……。

敷地の東側と通りに面した南側には、土塁のような土手を両側から石組みした石垣があった。おそらく江戸時代中期に造られたものだが、近世以前の地豪族の館を思わせるいかめしい家囲いだ。その石垣の上には樹齢二百年はありそうな欅が何本も真っ直ぐにのびていて、屋敷の庭を森閑とした世界にしていた。

今こうして、綿屋のことを何も知らない恭介とここにいるのが、亜希子にはなんだか不思議な気がした。

一時間あまりぶらぶらとして家に帰ると、一度戻った父親はそそくさと昼飯を食べて、また野良仕事に出かけて行ったそうだ。せっかちな亜希子の父親は、ひとときもじっとしていない男だった。そうして働きづめに動いていないと、むしろ気の落ち着かない性質《たち》なのだ。

途中仮眠はしたものの、深夜一人で運転をしてきた恭介を気づかって、昼食をすませると亜希子は押入れから蕎麦殻の入った枕を取ってきて少し横になるように勧めた。

夕方近くまで、恭介は卓袱台の下に足をのばしてすやすやと寝入っていた。

夕飯に皆が顔を揃えた。山菜や野菜の煮付けなどいつもの惣菜のほかに、数キロ下の小さな町の、仕出しも請ける食品店に頼んでおいた刺身と天ぷらの大皿が卓袱台の真中に置かれている。母親が忙しげに台所と茶の間を行き来しているうちに、父親がビールの栓をぬいて注ごう

とするので、恭介はちょっと身を正して、

「あ、その前にちょっと……」

と父親を制して、亜希子に向かって母親を呼んでくるように言った。亜希子はそそくさと席を立って台所に呼びに行く。

まあとにかくと、ビールを注ごうとする父親に、

「ちょっと待ってください」

と恭介がきっぱり言うので、

「おい、早く来い」

仕方ないというふうにせっかちな父親は片手にビール瓶を持ったまま、台所の母親に大きな声をかけた。

還暦を過ぎた母親は、腰をかがめて部屋に入ってくると亜希子とふたり二脚並べた卓袱台の隅に坐った。背と肩を丸め、ひとつ息をついて座蒲団に沈みこむようないつもの恰好だ。恭介は正座をして背筋をのばすと、

「亜希子さんを頂戴したいと思って、今日はご挨拶に伺いました」

いささか唐突だが、都会ふうの雰囲気でそう言った。すんなりとした口調だった。母親は「はあ、はあ」と頷くように軽く首を揺らしたが、どこかきょとんとした表情にも見えた。

「そったら堅い話はいいすけ、まずは飲んでくれ」

父親はまたビール瓶を持って注ごうとするので、今度は素直にコップを手にして、恭介はそ

れを受けた。そうしてすぐに膝をくずして胡坐に戻った。

恭介と向き合ってビールを飲む父親の顔は、それなり満足のいった表情に亜希子には見えた。

亜希子がこの家で暮らしたのは中学を卒業するまでだった。数十キロ下りた平場の地方都市にある女子高に進学した亜希子は、その市《まち》の遠縁にあたる家に下宿して学校へ通うことになったのだ。内陸の亜希子の集落ほどではないが、平場にしては雪の多い豪雪地として、むかしから知られた城下町だった。街なかのおもだった通りには、歩道に庇をのばした雁木の続く独特の町屋が軒を連ねている。亜希子の通う高校はその街の寺町の中にあった。

田舎育ちの亜希子にとって、この町での下宿生活は少し窮屈なものだった。三つ上の姉は、峠道が閉鎖される冬場だけ学生寮に入るが、ふだんは家のある集落からバスで通学できる県立高校へ進学し、亜希子の入学と入れ違いに卒業していた。一方、亜希子の方は町場の私立高校で下宿代も余分にかかる。それが彼女にとって家族に対する大きな引け目になっていた。

亜希子の祖母である父親の母は二十代で夫を亡くし、戦中戦後の困難な時代に女手一つで三人の子を育ててきた苦労人で、とにかく厳しい人だった。ある時期まで一家を牛耳っていたのは父親よりもむしろこの祖母で、孫である亜希子たち姉弟は、彼女に質素倹約だとか辛抱だとかを叩きこまれた。次女の亜希子は、なぜか姉弟の中でいちばん祖母の影響を受けた子だった。大人になってからも、彼女の記憶の中に生きる祖母は、鬼のように怖い婆ちゃんなのだった。

平場の城下町で下宿生活を送っていた亜希子は、いつもこの厳しい祖母の教えを思い出して、自らを律するようなところがあった。

三年間この市で暮らした亜希子は高校を卒業すると上京し、都内から大きな川を渡った隣県の、化粧品容器を製造する工場で働きながら、夜は短大に通うことになった。そういう苦学生も受け入れてくれる会社で、工場の広い敷地の中に建つ大きな独身寮に男女合わせて数十人の地方出の若者が暮らし、そのうちの数名が夜間の大学や短大に通学していた。

亜希子の進学は、保育士の資格を取るためだった。夜学の場合短大は三年が就学年数になる。それまでピアノなど触れたことのなかった亜希子にとって、ピアノの試験は一番の難関だった。寮の食堂にはアップライトピアノが一台置いてあるから、朝早く食事の始まる前に課題曲の譜面を持って下りて行くが、先客がいて練習できない日もある。それで試験の前になるとまだ暗い五時に起き、食堂のピアノの前に坐って初級練習曲と格闘した。

会社には趣味やスポーツのクラブがいくつかあった。亜希子は誘われるままバレーボール部に入部してそちらの活動も続けた。そのほか寮や会社には年に数度、小旅行や発表会のような行事もある。朝から夜遅くまで、なかなか息をつく間のない忙しい生活だったが、若い亜希子にとってはそれなりに刺激のある充実した日々だった。

入社して二年目のころ、職場の先輩で同じ寮で暮らしている男に誘われ、土曜の夜に駅前の繁華街で食事をしたことがある。亜希子はアルコールに弱い体質で、二、三杯のビールでもう酔ってしまった。男は少し飲みに行こうと誘ってきたが、亜希子は申し訳なさそうに断った。

「それじゃあ、酔い覚ましに散歩しよう」

男は店を出るとそう言って歩き出した。ふだん通ることのない線路沿いの道を亜希子は男と話しながら歩いた。話すといっても、ただ訊かれることにこたえるだけのことだ。

初秋の夜気は酔った肌に心地よかった。蟋蟀《こおろぎ》の鳴く声が線路脇の草むらのそこここから聞こえる。職場でも寮でも親しげに話しかけてくる男で、亜希子は素直に気さくな人だと好感を持っていたが、恋心を抱くまでにはなっていない。

少し歩くと男はある建物の前に止まった。塀の切れ目から少し奥まった建物の入口に向かって低い外灯がぽつんと足元を照らしている。数本の庭木が植えられ、坪庭のようになっているのが見えた。道路に面した吹き付けの塀には、内側に蛍光灯の入ったアクリル板の看板が怪しげに光っている。男は亜希子を促がし中に入ろうとするが、それがどういう建物なのか亜希子にはまったくわかっていない。が、何か淫靡《いんび》な場所であることは感じとれた。

しばらく建物の入り口で押し問答のようなことをしているうちに、亜希子にもようやく男の目的がわかって、あまりに無防備だった自分自身に気づかされた。亜希子は情けない気持ちになった。何の心の準備もないまま、こんなふうに男に組み伏されてしまうのはあまりに惨めに思えて、涙が溢れてきた。亜希子は必死で、哀願するように泣きながら変心を求めた。男もさすがに興ざめたのか、「わかった、わかった」とうなずき、線路沿いの道へ出た。そうして亜希子の頭を撫でると歩き出した。亜希子は泣きはらした顔をあげて夜道を歩いた。虫の音がかさかさした心に沁みるように響いた。

寮から夜間の学校に通っていた仲間の中には、途中で学校をやめてしまう者がポツリポツリと出てきた。それぞれに理由はあるのだろうが、恋人ができてしだいに勉学から離れていくというパターンが多いようだった。姉弟でただ一人、高校から先の進学をさせてもらっている亜希子には、途中でやめるという選択肢はなかった。

三年後、亜希子は無事に短大を卒業し、都内の保育園に就職先も決まった。化粧品容器の製造会社を退職して寮を出ることになったが、バレーボール部の部員たちが彼女の卒業と再就職を祝って、新しいバレーボールを色紙がわりにメッセージを書き込んで贈ってくれた。

亜希子の勤めた保育園は、都県境の大きな川の土手の近くにあった。国電の駅からは数キロ離れているが、バス通りを少し行ったところに大きな製紙工場があるから、飲食店などはけっこう多い。園の隣りは真言宗の小さな寺で、四十代の園長はそこの住職も兼ねているのだった。一棟借り切った近所の古いアパートの職員寮に亜希子は入ったが、二年ほどでそこを出、一人でアパート暮らしをすることにした。親元を離れてからもう何年にもなるが、ようやく周りに気兼ねなく羽をのばし、自由な生活を送れる気分になった。

その部屋で暮らしていたころ、亜希子はある男と付き合っていた。亜希子が今生活している近辺の下町で生まれ育ち、兄弟はなく、母親と二人で生活をしている男だった。

付き合い始めてしばらくすると、男は彼が母親と暮らす家へ、亜希子をときどき連れて行くようになった。平屋の公営住宅のような家だった。母親は初めから彼女を「亜希子さん」と親しげに呼んだ。ふつうより少し歳の離れた親子に見えた。

男は車を持っているので、日曜日などドライブに連れて行ってくれるが、夜、亜希子を部屋へ送る途中、自分の家に彼女を連れて寄るようなことがある。彼がなぜ自分と母親をそんなふうに引き合わせようとするのか、亜希子にはよくわからなかった。親子二人の親密な関係に、まだ知り合って間のない他人が不自然に組み込まれていく違和感を覚えながら、ある種の道徳心から、表面的には親思いの息子に同調する素振りを亜希子は見せていた。男はそういう亜希子の態度に満足しているふうだった。

男の家に行った何度目かに、母親は亜希子に金の無心をしてきた。男が車に物を取りに行くかなにかで、ちょうど席をはずしているときだった。亜希子は驚いたが、たいした額ではなかったし、そんな小金にも困っているのかと同情する気持ちも湧いて、言われるまま財布から金を出した。母親は亜希子の表情を窺《うかが》うように見て、何度も詫びと感謝を繰り返した。

一度応じてしまうと、母親はその後も亜希子に無心をするようになった。額はいつも少額なのだが、さすがに亜希子も辟易としてきた。彼女だって家賃を払いながらの都会暮らしで、わずかな貯金をしながらつつましい生活を送っているのだ。男は、自分の母親が亜希子に対してそんなことをしているなど、まるで気づいていない様子だった。どこか殺伐とした、親子のかさついた関係がそんなところから徐々に見えてきて、亜希子の気分を陰鬱にした。

何度か男の誘いを断っているうちに連絡はこなくなり、二人の関係はそれきりになった。

保育園の職員の入れ替わりは多かった。毎年春に短大や専門学校の新卒者で、保育士資格をとった何人かが採用されるが、辞めていく者も同じだけいた。結婚を機に年度替わりの三月に退職というのが多かった。

親の会の役員を引き受けてくれるような保護者には、世話好きな母親がたいてい一人はいて、彼女たちは気に入った先生に見合い話を持ってくるとか、自分の勤め先の若い独身男を引き合わせるということをしたがる。実際それで結婚したカップルは、亜希子が勤めてからも何組かあった。

行事の多い園でその準備に追われ、先生たちは朝から夜まで忙しいのだが、そんな中、合コン話を持ってくる同僚や後輩もいる。数合わせかもしれないが、そんな会に亜希子もときどきよばれることがあった。世間はバブル景気でどこか浮かれていた。そのころ保育士は、合コン相手としてあるタイプの独身男から、案外人気のある職業だったかもしれない。

その男と知り合ったのはそんな合コンの席だった。どちらかというとエリート家庭の、育ちのよさそうな真面目な男だ。亜希子より歳下だが正義感が強く、言動の端々に意志の強さと自信を滲ませるところがあって、これまで出逢ったことのないタイプだと思った。ほとんど自己主張をしない、人の考えに流されがちな亜希子には、そんな男はどこか頼れる存在に見えた。

デートの行先はたいてい男が決めるが、夏に二人で海水浴に出かけたことがあった。男と二人きりで海水浴に行くなど、亜希子は初めてだった。混み合った粗末な海の家で男と向き合って坐ると、亜希子はむかしのことを思い出した。

高校三年生のとき、夏休みに海の家のアルバイトに一緒に行かないかと友人に誘われたことだった。学校のある城下町から数キロ北へ行った、その辺りでは一番大きな海水浴場で、棲み込みで数週間という話だった。亜希子は乗り気で実家の父親へ夜電話をかけてみた。彼女としては、アルバイトをして少しでも親の経済的な負担を軽くしたいという思いもあったのだ。しかし父親は許してくれなかった。

「それで結局夏休みは実家に帰ったんだけれど、毎日のように父に田んぼの草取りやらされたんだから。今日はどこそこの田んぼ行ってこいって、有無も言わせずによ。働くにしたって海の家ならきっともっと楽しかっただろうし、お金も貰えたのにね」

注文したラーメンを置いて調理口に戻っていく若い店員を眼で追いながら、十年前の思い出を亜希子は口にした。

「ふーん、田んぼの草取りか、真夏じゃ大変なんだろうな、きっと」

「そんなことやったことないでしょ」

「もちろんないけど……、でもそういう体験があるから今の君があるんだよ。みんな同じ園の保母さんって言ってたけど、最初から君はちょっと違うなって思ったんだ」

そういう言われ方をすると、亜希子は少し複雑な気分にもなった。

砂でざらついたビニールの茣蓙《ござ》の表面を指先で擦《さす》って、亜希子は無意識に自分のまわりの砂をかき集めていた。海水に濡れて、縮み上がったようにカールを強くしたソバージュの髪が、ときどき口元近くの頬に触れた。

その男との関係は一年足らずで終わった。別れ話を切り出したのは男の方だった。ひそかに結婚を意識していた亜希子には、ショックが大きかった。彼女の内心の気配は男に伝わっていたかもしれない。

「しばらく逢わないことにした方がいいと思うんだ。お互いのために……」

男は色々と理屈をつけてそんなことを言った。亜希子には男の言っている意味がどうしても理解できない。彼女は何日も泣き、その度に男の言ったことを思い返してみるが、どうしても割り切れないわだかまりが募《つの》る。

ひと月ほどして、亜希子は男に電話をした。もう一度逢って、男の話を最初から聞き直したいと思ったのだ。しかし男は、駄目だときっぱり言った。

「もう逢わないって、このあいだ二人で決めただろう。君も前を向かなくちゃ」

亜希子にはいくつも聞きたいことがあったが、男は取り合ってくれなかった。

この失恋は亜希子には痛手だった。亜希子は二十九になっていた。

勤めている園では、事務長を務める園長の妻のほかに五十代の保育士が二人いるが、既婚者の彼女たちは別格扱いで、三十代、四十代の職員は一人もいない。いつの間にか、現場の一線で働く保育士の中で亜希子はいちばん歳上になっていた。彼女と同じころに入った同僚たちのほとんどは結婚し、皆この園を離れていたのだ。

亜希子は保育園を辞めることに決めた。先のことは何も考えていなかった。それなりにやりがいのある仕事ではあったが、この職場でただ一人三十代になって、自分が指導した後輩たちがそのうちに結婚をして亜希子の前を離れていくのを、このままずっと見続けることになるのではないか、という不安に駆られたからだった。

八年間いた保育園を退職した亜希子はしばらく次の勤め先を決めず、この機会に車の免許を取ることにした。保育士の仕事をしながら貯めてきた預金が少しあったし、多くはないが退職金も出た。教習所はアパートから歩いて行ける距離にあって、保育園に勤めていたころから、なんとなく気にとめていたのだ。

少しもたもたしたが、夏前に免許は取れた。だが、これから先のことを亜希子は決めかねていた。考えてみるとこれまでの人生で、今ほど時間にゆとりのあったことはない。子どものころの夏休みでさえ、毎日のように野良仕事を手伝わされたものだ。無為な時間が続くと、別れた男とのあれこれが思い出され、亜希子は辛かった。

郷里の父親が、とりあえずしばらくこちらへ帰ってこいと言うので、亜希子はアパートをそのままにして、夏休みを過ごすような気分で実家へ戻った。

それからひと月もしないうちに、保育園時代の後輩から電話があった。彼女は結婚が決まって亜希子と一緒に三月に園を退職していたが、帰郷前に一度会って互いの近況を報告し合い、実家の電話番号も伝えておいたのだ。四つくらい歳下の、東京の下町で育った明るい一人っ子で、案外しっかりした女《こ》だった。結婚式は秋で、その後は夫の勤務地である地方都市で暮らすのだが、それまでの数か月、友人から紹介された小さな会社でアルバイトをしていると聞いていた。電話の要件は、その会社で事務の女性社員を募集しているから亜希子にどうだろうかという誘いなのだった。

亜希子にとっては渡りに船だった。二、三日中に上京して面接を受けることになり、そのままその会社で働くことになった。

恭介はその会社の社員だった。亜希子の入社後ほどなくして付き合い始め、いつの間にか三年がたった。恭介の気難しさには閉口することも多かったが、結婚をするとしたらこれが最後のチャンスだという思いも、亜希子には強かった。

亜希子は三十三になっていた。


恭介を連れて両親のいる郷里へ帰省し、二人で綿屋の庭のくちた池を見た日から二十数年がたつ。

以来毎年、盆のころに夫や子どもを連れて帰省するが、集落の過疎化はずっと続いている。それは亜希子が平場の城下町の高校へ通うために出て行く以前から、実は始まっていたことではある。おそらく亜希子が子どもだった時代にくらべれば、集落の人口は四分の一くらいまで減っているだろう。最近、この集落から小学校へ通う子どもはついに一人もいなくなったそうだ。

彼女の生れた、明治初期に建てられた家は十数年前に県道整備があった際、新たに接続される農道にかかって取り壊され、すぐ隣りに建て替えられていた。土建業が基幹産業のひとつであるこの地方では、わざと既存の家に道路がかかるようにルートを設定し、公費で新しい家を建てるというようなことするらしい。過疎化の進んでいる地域に新しい農道が必要なのかはともかく、亜希子の家はうまくそんな例にあてはまったわけだ。

父親はその家が建った数年後に急逝した。稲刈りを終えたあとの、晩秋の旅行先でのことだった。綿屋の、東京で建設関係の会社を営んでいた旦那様が急死したのは、それよりも数年前のことだ。夜ゴミを出しにすぐ近くのごみ置き場まで歩いているところを、女子大生の運転する車に撥ねられたのだ。まだ六十代だった。彼は生涯独身を通し子どもを作らなかったから、三百年続いた綿屋は最期の旦那様を失ったことになる。

そして昨年、亜希子の母親が不帰の客となった。脳梗塞の発作を起こしたあと、寝たきりに近い状態になって三、四年後のことだった。長男である弟は母親が倒れる少し前に、村にあるたった一つの工場を人員整理で解雇され、無職になっていた。家で母親の介護を一人で続けていたのだが、母親が死んでしまうと彼女の年金が入らなくなり、まったくの無収入になってしまった。家の田んぼは農業公社が耕作し、賃料の代わりに一反につき何俵という年貢米が上がってきて、家の横の小さな畑では自家用の野菜を少し栽培しているが、光熱費や消耗品など日常かかる金銭はわずかな貯金を切り崩して生活している。本人の年金が貰える歳まではまだ間があるから、いずれ貯金が尽きれば、生活保護を受けることになるのだろう。

姉は亜希子と恭介が結婚した数年後に離婚をし、当時小学生と中学生だった息子二人と、亜希子が高校時代を過ごした平場の城下町で暮らしていた。田舎のことで、実家に出戻るのはいかにも体裁が悪いと、父親が公費助成の出る市営アパートを探してくれたのだ。二人の息子は三十を過ぎたがどちらも独身で、皆それぞれに事情を抱え、今は親子三人離ればなれに生活している。還暦を過ぎた姉は病院で清掃の仕事をしながら、アパートでつつましい独り暮らしを続けている。

そんな弟や姉を、少しだけでも援助したいと亜希子は思うのだが、亜希子の家の生活も火の車で、そういう余裕はなかった。

……亜希子はときどきむかしの古い家を思い出す。

築後百数十年たっていたその家は、亜希子が子どものころから彼女が結婚する少し前まで、何度かに分けて少しずつ改築されてきた。彼女の最も古い記憶の中では、戸口を入るとすぐにニワと呼ばれる薄暗い土間が奥まで続いていて、一番手前が厠、その裏に仕切られた厩《うまや》、一番奥が竈のある台所だった。幼児のころのかすかな記憶には、厩に大きな眼をした農耕牛の姿があったが、それはすぐにいなくなった。代ってその暗い土間に現れたのは五右衛門風呂だった。奥の台所はいつの間にか一段高い板間になり、五右衛門風呂のあった土間も板敷に変わったが、その手前から厠までは最後まで土間のままだった。

田の字に仕切られた居室のうち、一番出入口に近い部屋は後年畳を敷いたが、もとは板間で中央に囲炉裏が切ってあった。家族が食事をするのも、ふだんくつろぐのも、自在鉤の吊り下げられた囲炉裏の周りである。

夏になると、茅の見える天井裏から突然青大将が降ってきて、部屋の床に大きな音をたてることがあった。燕の巣を狙って戸外のどこかから屋根まで伝って上るのだが、梁を渡ろうとしてそんなふうに床に落ちてしまうことがあるらしい。不意のことだから子どもたちは悲鳴を上げて驚くが、父親はひと言「おう」と声に出すと立ち上がり、蛇の頭を慎重に押さえつけて抓《つま》みあげ、そのまま外に逃がしてやるのだった。青大将は家の守り神だから、殺生をしてはいけないのだと父親は言っていた。

亜希子が最後に屋根裏からそんなふうに蛇が落ちてくるのを目撃したのは、確か保育園に勤めたばかりで、夏の休暇に帰省しているときだった。そのころはまだ茅葺屋根がトタン板で覆われる前だったから天井板はなく、囲炉裏も使われていたのである。家人はみな野良仕事で出払っていて、家にいるのは彼女一人だけだった。

突然のことだから驚きはしたが、このときの亜希子は不思議と冷静だった。落ちた蛇自身もはじめ何が起きたのかと身をくねらせていたが、やがて周りをうかがうように鎌首を持ち上げ、じっとしている。囲炉裏を挟み数メートルのところで対峙する亜希子は、ふと蛇と眼が合ったような気がした。よく見ると、その蛇の表面は、むかし田んぼの畔などで見かけたときのようなぬめぬめとした感じがなかった。長い尻尾の先がやせ細り、こころなしかさついて、鱗がぎんいろの脱け殻のように見えた。

しばらく、亜希子はじっと蛇の眼を見ていた。蛇はやがて板間の上をするすると這って、開け放たれていた縁側の引き戸から日射しの強い外へ出て行った。

私の裡《うち》には蛇がいる。蛇が見えなくなってから、なぜかそんな言葉が亜希子の頭に浮かんできた。蛇は亜希子の思いのようなものかもしれない。あるときはじっととぐろを巻いて居座り、あるときは心の襞を這うように動いて、やがてどこかへ去っていく。

亜希子は今、還暦間近の年齢になった。これまでの人生を振り返って、自分が不幸せだったとは思わない。ただ、こんなふうには思うのである。

私の思いはいつも、するすると蛇になる。と……。

雪

くらかけの雪

たよりになるのは
くらかけつづきの雪ばかり
野はらもはやしも
ぽしやぽしやしたり黝《くす》んだりして
すこしもあてにならないので
ほんたうにそんな酵母《かうぼ》のふうの
朧《おぼ》ろなふぶきですけれども
ほのなかのぞみを送るのは
くらかけ山の雪ばかり
（ひとつの古風《こふう》な信仰《しんかう》です）

（宮沢賢治『心象スケッチ　春と修羅』）

1

山岸とみこさんが戦災孤児であることは、三十数年前から知っていた。山岸さんと私は同じ雑誌の同人だ。私は第三号からだが、山岸さんは一九八一年の創刊号からの同人である。創刊からの数年、彼女は毎号その雑誌に小説を寄稿していたが、あるころから先、そこにほとんど彼女の名前を見ることはない。最近発行された百号記念の総目次で確かめてみると、一九八五年の第十三号に作品が掲載されたあと、二〇一二年発行の第八七号までの二十八年間に、彼女の小説はわずか二篇あるだけである。その間、おそらく山岸さんはほとんど小説を書いていなかったのではないか。

私も二十代の後半からほぼ二十年間読み書きから遠ざかっていたが、それでもいつかは小説を書きたいとずっと思っていた。山岸さんも二十八年間、そう思い続けてきたに違いない。

彼女が再び小説の寄稿をはじめたのは二〇一三年の第八八号からで、それからはほぼ年一作のペースで作品を発表している。それはようやく彼女の生活と心に、少し余裕ができてきたということにほかならない。

山岸さんは間もなく七十四歳になる。

彼女が戦災孤児であることを知ったのは、おそらく酒飲み話の中ではなかったかと思う。断片的にそんな話を、二十代前半のころの私は何度か聞いた覚えがあるが、山岸さんは多弁な人ではない。肝心なことはいつか小説に書くという思いもあったろうし、口でうまく物事を説明するのが苦手な人なのだ。強い思いが空回りして、いつも本当に伝えたいことが正確に言葉に載って来ない。何かを語ろうとするとき、彼女のそんなもどかしさばかりが聞き手の印象に残るというところがあった。若いころから、私はそんなふうに感じていた。

三、四年前、雑誌に載った彼女のある小説を読んで、山岸さんがいよいよ書くべきことを書き始めたなという感想を私は持った。

数か月前に片肺の半分を切除し、はじめて死を身近に感じた語り手が、四十代の娘と二人で、戦時中生母が生活していた江東区大島の路地裏と、すぐ近くの羅漢寺を訪れるという話だ。娘の職業や二人が別居していること、また語り手の夫が数年前に事故で急逝したことなど、設定にはかなり事実と異なる部分もあるが、本筋にあたるところは山岸さんの最近の体験を書いたものだろう。

七十年前、彼女の母親と二歳年長の姉、それに四歳上の兄の三人は大島で暮らしていて、昭和二十年三月十日の大空襲で命を落としている。当時十五、六歳だった、父親の前妻の子の異母姉は戸籍上菊川が死亡場所になっているというから、おそらくそのあたりの商家に棲み込みで働いていたのではないか。ガラス職人だった父親は、山岸さんが生まれるひと月前の二月に四十一歳で病死していたそうだ。昭和十九年三月生れの山岸さんは、生れてすぐに高崎で暮らす父親の弟の家に養女として引き取られていたため、大空襲を逃れ、家族の中でただひとり生き残ったのである。

彼女の人生の彷徨は、そこから始まっているのだった。

高崎で暮らしていた少女時代のことを、第百号に寄稿した小説の中で山岸さんは詳しく書いている。その作品はほぼ百パーセント彼女の実体験で、創作部分はほとんどないはずだ。

すでに空襲の始まっていた東京の下町で、夫を亡くし幼児二人を抱えた義姉から、生まれて間のない山岸さんを引き取った叔父の家は貧しかったようだ。もともと一男一女の二人の子がある上、妻は病弱で数年前から寝込むことが多かった。彼は昼間妻の看病をし、子どもたちが学校から帰ってくるころに仕事に出かけていく。仕事のない日の夜は妻や子どもたちに外で仕入れた世間話や、怪談なども聞かせてくれる。話し上手な男だったそうだ。

山岸さんはそんな叔父と叔母を実の両親と疑うことなく「父ちゃん」「母ちゃん」と呼び、血縁上従姉にあたる兄と姉を「あんちゃん」「ねえちゃん」と慕っていた。ふつうの姉妹のように遊び、喧嘩もしたという。

だが彼女は四、五歳のころ、突然同じ市内で八百屋を営む家へ養子に出されることになる。その家には子どもがなく、当時配給物資を扱っていてそこそこ羽振りはよかったようだ。後年山岸さんが「ねえちゃん」に聞いた話によると、最初の養母と二人目の養母は従姉同士だったらしい。

彼女は養女に出される際、今度の親がお前の本当の親なのだと説明されたというが、そんな降って湧いたような話を、にわかに享け入れられるはずはなかった。気持ちの整理の上だけではなく、大人たちの事情や思惑を、子どもなりに感じ取っていたのだろう。山岸さんは新しい養父母にはまるで馴染めず、むしろ嫌悪を抱いていたようだ。それは彼女の裡にふつふつと湧きあがる行き場の定まらない憤怒と言ってもいい、と私は思っている。

彼女には新しい養父母が本当の両親だとはとても信じられない。実際自分たち八百屋親子を、近所の大人たちは「生《な》さぬ仲」と揶揄しているのを子どもの彼女も知っていた。自分より年少の子に「貰われっ子」とからかわれ、唾を吐きかけられたこともある。やはり前の家の「父ちゃん」「母ちゃん」を慕う気持ちが強い。もし彼らが本当の親でないというのなら、本当の「おかあさん」はどこかにいるはずだ。彼女はそう思っていた。

壺井栄の児童向け小説が、昭和二十七年に民芸によって映画化され高崎の劇場にもかかった。小豆島が舞台の物語で「母のない子と　子のない母と」という題名だった。近所に、映画の看板を通りに掲げ、そのチケットを売っているような家があって、小学生の山岸さんはその題名に思わず目を奪われる。看板に大きく描かれた、子を亡くした母である「おとら小母さん」の横顔に惹きつけられ、ふらふらと近づいてその顔に触れ、唇をなでる。そんなところをその家の女将に見られた彼女は、びっくりして駆けだしていく。……そんな場面から山岸さんの小説は始まっていた。

山岸さんが自分の本当の生い立ちを知るのは中学生のときだった。最初の養母である叔母が亡くなり、葬儀の数日後、彼女は叔父の家に呼ばれ真実を聞かされる。山岸さんの行く末を案じた大人たちが相談し、これを機にと決めたことのようだった。

東京大空襲という得体の知れないものが自分をひとりにしたのだと、戦後十年以上たって彼女は知った。

戦後間もなく、GHQに戦災孤児救済のためのキャンペーンドラマを制作するよう指示されたNHKから、「鐘の鳴る丘」というラジオドラマが放送され高い聴取率を得ていた。山岸さんはまだ幼く、はっきりと筋を理解することはできなかったが、ラジオから繰返し流れる「とんがり帽子」という主題歌はその後もずっと彼女の記憶の中にあって、歌詞まで覚えていた。中学生になって自身が戦災孤児であることを知った彼女はその歌を思い出し、いっそ自分もあのドラマの中の子どもたちのように施設で育った方がよかったと思う。今の養父母は彼女の眼から見ると商売にばかり熱心で、思いやりや教養のない、因業な人間に思えてしかたなかった。このころの彼女は養父母を憎んでいた。やり場のない憤怒は、一番身近な者に向けられるものなのかもしれない。

中学を卒業した山岸さんは周囲の反対を押し切ってひとりで上京する。養父母とはやはり暮らしていけないという強い思いからで、自分から縁を切るつもりだった。

一大決心をしてのことだったが、中学を出たばかりの山岸さんにろくな仕事があるはずはない。集団就職のようにきちんとした手続きを踏み、準備をしての上京ではなかったのだろう。棲み込みで雇ってもらうことになった工場で、彼女は朝早くから夜遅くまで働く生活に埋もれていく。区が開催する青年学級で知り合った三歳年上の青年と十代で結婚するが、それは現状の生活から抜け出すための方策という側面が強かったのかもしれない。

山岸さんの二十代前半は、長男、長女の子育てに追われる日々になる。夫も若かったから、経済的にはかなり厳しかったようだ。子育ての苦労を身を持って知った彼女は、中学を卒業するまで自分を育ててくれた養父母に対し、それなりに感謝の念を抱くようになっていく。

三十代半ばになるころから彼女はカルチャーセンターに通い、小説を書き始める。多くの主婦がこぞってそんなことに熱心だった時代だ。「小説教室」も盛況で、子育てに一息ついた主婦を中心に賑わっていた。そんな中には山岸さんのように特異な人生を歩んできて、そのことを書きたいと思う人も少なからずいたに違いない。

このころが山岸さんの生活の最も安定していた時期だったのではないか。ようやく自分も人並みの階層に入り込んだという感慨を、彼女は持ったかもしれない。私にも似た経験があるから、その心情はわかるような気がする。だが、そういう時期はたいてい無理を重ねていて、いずれ歪《ひず》みはのっぴきならない形で顕在化していく。

山岸さんは三十九歳のとき、夫と長女と三人で暮らしていた所沢のマンションを一人で飛び出すことになる。長男は高校を卒業したあと家を出てすでに一人暮らしをしていた。

当時彼女はデパートの外商部で働いていたが、職場にまで夫の事業の債権者がやって来るようになったのだ。彼女の夫がどんな事業をしていたのか私は知らない。あるころまでは彼女も関わって支えていたようだが、仕事に対する二人の考え方の違いは大きかった。次々に新しいことを考えて借入を重ねていくやり方に、山岸さんはついて行けなかった。

彼女は高田馬場に狭いアパートを借りてひとりで暮らすことになった。生まれたときから自分はひとりなのだという思いの強い彼女は、いつも人をたよらず自分だけの力で生きていこうと考えるのだった。

2

第百号に載った山岸さんの作品を、私の小さな会社で出版する同人誌作家のアンソロジーに集録することになったので、私は山岸さんと二人で簡単な手直し作業をすることにした。表記上の修正がほとんどだが、意味のわかりづらいところや、言葉遣いで直してほしいところも少しあった。

どちらかというと、山岸さんの文章は少し癖のある悪文だとむかしから思っていた。若いころから自分では何も書けないくせに、人の書いた文章の難点は妙に見えるところが私にはあった。

もちろん小説の文章として、悪文が必ずしも不都合というわけではない。言語異化などと難しい言い方をしなくても、読者を惹きつけるための工夫としてあえて悪文に仕立てるということはありうるし、悪文が作者の個性を魅力的に引き出すこともあるかもしれない。岡本かの子などはその好例だと私は思っている。

だが山岸さんのどこか砂を噛むようなざらついた文章は、彼女の人生の彷徨を映しているように私には思える。彼女の文章の底には意外なほどの気弱さと、それとは正反対の憤怒がしっかりと腰を据えているのだ。

私は山岸さんと校正日の約束をしたあと、大島の羅漢寺と小名木川近くの路地裏を訪ねることにした。三、四年前のもうひとつの小説に書かれていた、彼女の生母たちが暮らしていた町だ。ちっぽけな私の体験の中に、山岸さんの心情のひとつでも落とし込むことはできないか、というようなことを考えていた。私なりに、彼女の人生と向き合ってみたかった。

羅漢寺は鉄筋コンクリート造の思いのほか小さい、曹洞宗の寺院だった。バスやトラックがしきりに行きかう新大橋通りの歩道に面して屋根のついた門が建っている。敷地が狭いからか一階はピロティーの駐車場で、社務所や本堂は石段を上った二階にあるようだ。駐車場脇の少し奥まった引き戸は勝手を知らないとちょっと開けづらい。よそ者を拒絶しているふうがある。

よそ者の私は、山岸さんの小説の記述を思い出しながらアルミサッシの戸を引いた。タイル敷きの三和土の棚に、墓参用の手桶と柄杓がいくつも並ぶ。その先にもうひとつ引き戸が見えた。トンネル状の三和土を抜けると外は墓地になっていた。

寒い日だった。塀に囲まれた中庭のようなところに、冷たい墓石が重なり合って続いていた。左手の祠の前にブロンズの地蔵菩薩が一体立っている。台座には空襲犠牲者の遺骨の、ほんの一部が納められているという。右側のもうひとつの台座の上には、古い小さな石地蔵が四体据えられていた。付近一帯が焦土となったこの地で、炎に包まれ煤《すす》にまみれて残った地蔵様だそうだ。見ると石仏はどれも壊れたところを接着剤などで修復した痕がある。消失した部分をセメントで補《おぎな》ったり、手首から先が欠けたままになっていたりする。何かが融けて焼付いたのか、表面が煤のように黒い地蔵様もいた。

何をするでもなく、私はしばらくその菩薩たちの前に佇んでいた。小説の中の山岸さんは娘と花を手向け、線香をあげると両手を合わせながら、肺がん手術が無事すんだことを、誰のものかわからぬほんの一部の遺骨に向かって報告する。

「まあいいの。大島だから、らかん寺だよ、ほかに行きようがないじゃないの」

たまたま行き会った女性のそんな台詞が、小説の中にあった。

私の左後ろに男が立った。男は墓地の奥から戻って来たようだ。手桶を足元に置くと地蔵菩薩に深々と一礼し、合掌をした。いつもそうしているというふうだった。男はすぐに手桶を持ってそそくさと通路の引き戸の中へ消えた。私よりは年嵩だが、戦後生まれの世代のように見えた。

羅漢寺を出て、頭の中に残っている小説の道順を歩いた。明治通りに沿ってバス停を過ぎてから信号を渡る。反対側の歩道を少し戻ると亀戸方面行のバス停があり、その前のネイルサロンもやっている美容院の角から左の路地へ曲がる。角の右手は山岸さんが古地図で確かめた火の見櫓のあったところで、今は地元消防団の本部になっていた。その隣りに公園と美容院が続き、反対側が銭湯、病院、薬局と彼女の文章とほぼあっている。山岸さんが羅漢寺とこの路地を訪れたのは、そのときで四回目だと書いてあったが、その四度はおそらく六十代も半ばを過ぎてからのことだ。そんな人は案外多いのかもしれない。人生の先行きが見えてきたころに、決して忘れていたわけではないが、多忙にかまけて横に置いてきたものと、そろそろ向き合わねばと思うのだ。

山岸さんの場合、江東区役所や高崎の市役所まで行って生母たちの戸籍を取るところから始めたようだ。話を聞けそうな人のほとんどはすでに故人になっている。山岸さん自身何度も除籍と入籍を繰り返していて、そんな来し方も色々と調べる過程で思い返したに違いない。そういえば知りあったころの彼女の姓は佐藤だった。生まれたときの姓は井上だったそうである。彼女の生まれ月が四月になっている戸籍もあったと言うが、おそらく最初の養父になった叔父が学齢期を一年遅らせるためにそう届けたのではないだろうか。逆に早く跡取りのほしい二人目の養父母が実際の生まれ月に戻したのだろう。

初めてこの路地裏に来たとき、山岸さんは喰い入るように地番の書かれた表示板を見て歩いた。戦災資料センターで職員に手伝ってもらいながら、旧番表示の古地図と現在の地図を丹念に見比べ、生母たちが棲んでいた家の現在の住所を調べていたのだ。彼女はその一画を探し当て、行きつ戻りつ彷徨うように歩いた。生母たちが暮らしていた六十数年前の痕跡が何か残っていないだろうか、今その路地の奥から割烹着姿の生母が現れるのではないかと、そんな願いと幻想を抱いた。

路地の先に貨物線のガードが見えた。その単線路は亀戸から明治通りとほぼ並行して続くもので、この辺りでは土を盛りあげた土手の上を走っている。私の先に見えるのは、町をわかつその土手の下を潜り抜けるガードだった。山岸さんの生母が暮らしていたのはその土手のすぐ脇の区域だったようだ。小説の山岸さんと娘は、土手の下側のコンクリートに背をもたせながら、線路に沿う道に面した工事現場を眺める。以前来たときには更地だったところに、今はマンションが建設中だった。七十年近くむかしの痕跡など、何も残っていない。

私はさらに線路沿いを小名木川まで歩く。途中、軽自動車も通れない細い路地を抜けた。川沿いの道から階段を下りると、運河脇の遊歩道に出た。親水公園のように整備されたきれいな径《みち》で、それは川の両岸にあった。水面は木製の手すりのすぐ下に見える。流れのない静かな水面《みな》も《も》を、かすかなさざ波を立てて風がわたる。貨物線の鉄橋を潜るとき、覗き込むように見上げてみた。もともと複線だったのが単線に減っているのがわかった。片側は枕木も線路も外されているから、鉄骨の間からすっきり空が見えた。薄曇りの白い空だった。

大空襲のあった夜、この川には夥しい人の死体が重なり合うように浮いていたという。容赦なく降りそそぐ焼夷弾の火が、その上まで渦を巻いて走った。酸鼻をきわめる光景だった。大島はほとんど全滅だったそうである。

「私はね、三月の初めに甲府に疎開したの。最後の疎開組みだった」

山岸さんが羅漢寺で行き会った女性はそう言った。

「家《うち》はみんな川の中で死んだ」

山岸さんより六、七歳は年長のはずのその女性は、下町の人らしいあっけらかんとした口調でそんなことを語り、じゃあまたねと言って立ち去った。今も、この近くで小さな弁当屋を営みながら暮らしている人なのだった。

遊歩道にはところどころにベンチが設置され、灌木の植えられた花壇のある散歩道になっている。平日の昼間だがときどきベンチに坐り、運河を眺めている人の姿も見える。自身は学童疎開で助かったが、親や幼い弟妹を亡くした人はかなりいたはずだ。この辺りは、そんな人ばかりだったと言ってもいいのかもしれない。残された彼らはもう八十を超えている。私は知らずしらずそんな年代の人がいないか、向こう岸とこちら側を歩く人をいちいち目で追っていた。

3

山岸さんとの約束は日曜日だった。最初は平日に朝から会社へ来てもらう予定が、その日に内視鏡の検査予約を入れていたのを私がうっかり忘れていたのだ。次に山岸さんの都合のつく日は日曜日だった。気ぜわしい平日よりむしろその方がいいかもしれないと思ったが、そうなると神田の事務所まで来てもらうのは気の毒な気がして、私が千葉の山岸さんのお宅へ伺うか、山岸さんに市川の私の自宅まで来てもらうかにしようと電話口で訊ねた。

「日曜は娘がいるからなあ」

少し迷っていたあと、ぽつりとそんなふうに言った。

実を言うと、私は山岸さんのお嬢さんに一度会ってみたい気がしていたのだが、そういうふうには運ばなかった。

千葉市の郊外にある山岸さんのお宅へは以前一度おじゃましたことがある。やはり同人だったKさんの葬儀の帰り、車で彼女を千葉まで送ったのだ。昨年の五月のことである。

「わたしは告別式に行くけれど……」

久しぶりにかけてきた電話口で山岸さんがそう言うので、私も参列することにした。Kさんも山岸さん同様創刊からの同人で二人は仲が良かった。山岸さんは私より十六歳上で、Kさんはさらに十五上の昭和四年生れだから、享年八十七か八歳ということになる。Kさんは八十歳を機にきっぱり同人の会を離れたが、山岸さんはその後一、二度会っていたようである。

幡ヶ谷の斎場に山岸さんはなかなか現れなかった。焼香も親族から一般参会者に移り、それも終わるころになってようやく姿を見せた。案内の人にうながされてひとり最後に焼香を済ませると私の横に坐り、要領を得ない言い訳をした。どうも途中で乗り換えに迷ったらしい。むかしの彼女ならそういうことはなかったはずだ、と私は思った。

火葬場に併設された斎場だったので、柩は告別式の部屋からストレッチャーに乗せられ、そのままガラス張りの明るい廻廊を通って炉の前にまで来た。短い読経のあと最後のお別れに皆が合掌をし、柩は重厚な扉の中《うち》に吸い込まれていった。

「我々はこれで失礼しましょう」

私はきっぱりそう言って山岸さんをうながし、案内された御斎《おとき》には出ずに出口へ向かった。

「車だから送りますよ」

少し後ろ髪を引かれているふうの山岸さんに、私はそう重ねた。

斎場から首都高の入口はすぐ近くだったので、そのまま高速を走れば電車よりかなり早いはずだった。千葉の出口を降りたあたりで昼食にしようと考えていた。

車の中で二人は少し話をした。私は山岸さんの小説を読んで気になっていたことを訊いてみた。

「山岸さん、お嬢さんにずいぶん気をつかっているように見えるんだけれど、あれは何でだろう」

私の中のイメージでは、山岸さんは自分の娘に対してもっと毅然とした態度をとっていいはずだった。歳をとって少し気が弱ってきたのだろうか。いつも自分の力だけで生きようとしてきた彼女が、ここへきて、どこか娘をたよろうとしているように思えて気に掛かった。

「そうかな」

「うん。ずいぶん遠慮しているような感じがするけど」

彼女は少し考えてから話し始めた。

「所沢のマンションを出たとき、わたし娘を置いて行ったからね……」

長男は公立学校だったが、お嬢さんは中高一貫の私学へ入れたそうだ。そのころはまだ夫の事業はそこそこうまくいっていて、経済的に多少の余裕と見通しが立っていた。彼女がカルチャーセンター通いを始めたころだ。だがそうして入れた学校にお嬢さんはうまく馴染めなかった。中学二年の途中から不登校になり、引きこもりがちになった。なんとか中学は卒業したが、高校へは進まなかった。

「そんな時期だったのよね、娘は。彼女の辛かった時期にわたしは置いて出たわけ……。それがね、たぶんわたしの中でずっと引っかかっているんだと思う。それは娘も。お互いにね。シコリっていうほどでもないいんだけれど」

「そうなんだ」

「ちょっとそういうのがあるのよ、わたしと娘の間には」

引きこもりの、思春期の娘を置き去りにして家を出るのは勇気のいる冷淡な行動だが、自分の子をそんなふうに突き放せるところに、私にはない強さを感じるのだった。彼女自身が、中学を卒業したときから自分の意志と力で生きてきた人なのだ。

お嬢さんはその後、父親との二人暮らしに耐えられず、高田馬場の山岸さんのアパートへ転がり込んできたそうだ。

「それからは出たり入ったり。啖呵きって彼女が出て行くとか、わたしが怒って追い出したりとかね……」

通信教育の高校は長続きせず、それなりにアルバイトはしていたらしいが、山岸さんは昼夜働く忙しい生活であまり干渉しなかったようだ。むしろそれがよかったのか、お嬢さんは二十代に入ってから一念発起して大検を受けると言い出し、ほんの数か月の勉強で簡単に受かってしまう。母親に似て意志の強い努力家で、勉強もやればできる人だったのだろう。その後は通信制の大学を四年で卒業したそうだ。

「どこかファミレスでも寄ってメシ喰っていこう。どこで降りたらいいかな」

運転をしながら、私は山岸さんに訊ねた。

「そうねえ」

彼女はしばらく考えていた。本当は東金道路に入って二つ目の出口が近いのだが、そこから山岸さんの家の間には店は何もないらしい。泉自然公園のすぐ近くで、千葉市といってもかなり郊外なのだ。結局京葉道路の穴川で降りることにした。

「一軒だけあるわ、しょぼい店だけど」

「しょぼい？」

そんな言葉オレは使ったことないなと思いながら、なんだか愉快で私は訊き返した。

中華料理のファミリーレストランだった。私から見れば別にしょぼい店ではなかった。二人とも麺類を頼んだ。食事がすむと、彼女はバックの中から写真を数枚出して広げた。Kさんと山岸さんがむかし二人でシンガポールへ旅行したときのものだった。

「ふーん」

私はあまり気乗りせず手に取って見た。Kさんと山岸さんがマーライオンの前にならんで誰かに撮ってもらった、三十年以上前の写真だ。彼女は昨夜のうちに古いアルバムから抜き取って用意しておいたのだろう。本当は御斎に出て、親族にこんな写真を見せながらKさんとの思い出話をしたかったのかもしれない。私は悪いことをしてしまったかなという気持ちになった。

「このときさあ、食事をすると白いお皿の真中に、大きなロブスターの載った豪華な料理が出てきたのよ。Kさんはまずそのロブスターに手をのばして食べ始めるのね。わたしなんか育ちが貧しいからさ、そういうことって絶対にできないなって思ったわ」

山岸さんは写真を見ている私に、そんなことを喋り出した。

「わたしがそう言うとね、彼女、『あら、わたしは一番おいしそうなものから食べるの』ってあっけらかんと言うのよ」

Kさんは、「人生は楽しくなければ」と考えるタイプの人だった。悪く言えば、おいしいところだけつまみ喰いして生きていきたいような人なのだ。新制度に変わったばかりの四年生の女子大を卒業していたが、彼女の年代ではかなり恵まれていたのではないだろうか。私の母はKさんより一つ下の昭和五年生れで、本人は大学に行きたかったようだが親に許されたのは家政科の専門学校がやっとだった。戦後民主主義教育は始まったばかりで、まだまだ女に学問など必要ないという考えが根強かった時代なのだ。Kさんには自身が高学歴であることよりも、そういう進歩的で自由な家庭に育ったことに、ある種の矜持を持っているようなところがあった。

「しかし、Kさんとアナタがどうしてあんなに仲良かったんだろう」

私は二人の育ちや性格の違いを思ってそんなことを口にした。

「ホント、何でかしらね。海外は一度だけだったけれど、国内はいろいろ行っているのよね、彼女とは」

「へえ、そうなんだ」

「ちょっとアンタねえ……」そんな切出し方から、お互い遠慮なしに笑顔であれこれ話していた二人を、若い私は少し離れたところからよく見たような気がする。

「ねえ、ちょっとウチ寄ってコヒー飲んでいってよ」

そろそろ店を出るころになって、山岸さんはそう私に言った。

4

山岸さんが「人生劇場」で働いていたころのことを私はあまりよく知らない。私が勝手に気を回しているだけなのかもしれないが、そのころのことに彼女が触れてほしくないことがあるような気がして、私は詳しく訊かないことにしているのだった。

「人生劇場」は高田馬場駅近くの、当時でも少しレトロなカラオケ・パブのような店で、三度くらい私も行ったことがある。一度は同人のひとりがある文学賞を受賞したときの祝賀会で、その次が同人の会の忘年会だった。最後は三十を過ぎて私が結婚したときに、同人の会でお祝いをしてくれた店がこの「人生劇場」だった。若いころ山岸さんと飲んでいると、「アンタみたいに難しい男、結婚なんかできるわけないじゃないの」と言われたものだが、今考えると、お祝いの会を言い出したのはその山岸さんだったのではないかという気がする。そのころの私は読み書きから遠ざかっていた時期で、個人的に同人の誰かと飲みに行くようなことはあっても、会そのものから声がかかるということはなかったのだ。

所沢のマンションを飛び出した山岸さんは、高田馬場でアパートを借り、昼はデパートの外商部での仕事を続けながら、夜は「人生劇場」で働いていたのだ。昼の仕事はそのうちに辞め、夜の仕事が中心の生活になっていく。

結局彼女は「人生劇場」で十数年働いたそうだ。四十代のすべてと、五十代前半までになる。彼女の性格からすると、しがらみに縛られ、どっぷりとその仕事に浸かり、いつのまにか彼女の切り盛りなしでは店は回らないという具合になっていたのではないだろうか。そんな気がする。

最後の数年、彼女は昼間介護の仕事を始めていたが、そろそろ夜の仕事に見切りをつける準備をしていたのだろう。

介護の職場は療養型の病院だったようだ。看護師と介護士の格差を身に染みて感じた彼女は、自分もなんとか看護師の資格が取れないものかと考えるようになる。看護学校の入学資格は高卒以上だから、中学しか出ていない彼女はまず大検を受けることにする。娘に対する対抗意識もあったかもしれない。だが五十を過ぎてからのことだ、すべての科目をパスするまでに結局五年かかってしまった。それだけの月日が流れてしまうと、職場での彼女の役割は重い物になっていて、いまさら看護学校へ通えるような状況ではなくなっていた。彼女はかわりに介護福祉士の資格をとり、その後ケアマネジャーの試験にも合格した。勉強三昧の五十代だった。そのころも、彼女が暮らしていたのは高田馬場の同じアパートだった。

「わたしこれまでの人生で一番長く棲んでいたのあそこだったのよねえ。『池田荘』……」

千葉のファミリーレストランで食事をしたとき、彼女は笑いながら自嘲的にそう言っていた。『池田荘』という名前は私の印象にも強く残っている。まったく会っていなかった時期も賀状はもらっていたが、彼女はいつもやや癖のある達筆で、住所の所番地の最後にその古めかしいアパートの名前を書いていた。まだここにいるのか、と思ったこともあったような気がする。

「六畳一間に娘と二人でね、昼夜働いていたころなんか、こっちは疲れてぐっすり寝たいのに、娘が夜中にパソコン打つのよ。そのキーボードの音がうるさくって、『出てけっ！』て怒鳴ったり、始終喧嘩ばかりして……」

山岸さんとお嬢さんはそれから春日部に一緒に越して、数年後千葉市の郊外に二人で一軒家を建てたのだそうだ。たぶん山岸さんが六十代前半のころだ。千葉に越してからは近くのグループホームでケアマネジャーとして働いていた。

それからさらに数年がたって、彼女はまた同人雑誌に小説を寄稿するようになった。東京大空襲について調べ、生母たちの暮していた場所をつきとめ、横網町公園の東京都慰霊協会へ相談に行き、生母と三人の兄姉を東京空襲犠牲者名簿に載せるための準備を始めたのも、おそらく同じころのことだ。

彼女の中で長い間止まっていた時計が、半世紀以上たって動き始めたのだ。


私は山岸さんの来る前日の土曜日に、両国の東京都慰霊堂へも行ってみた。秋葉原に買い物に行く用事があって、ちょうど通り道だったのだ。蔵前通りから安田学園と横網町公園の間の一方通行へ入ると、納骨堂横の裏口はすぐだった。

慰霊堂は三重塔になっている納骨堂の表側になる。規模は小さいが、どこか築地本願寺を連想させる建物の正面の階段を上り、開いていた右側の扉から中へ入る。キリスト教の礼拝堂のように祭壇に向かって椅子が並んでいる。数百人坐れる数だ。閉館近い時刻だったからか、堂の中には誰もいない。

ここへは、長男が安田学園に通っていたころ妻と二人で入ったことがあった。妻には何も言わなかったが、私は山岸さんのことを漠然と思っていた。私の親族にも、妻の親族にも空襲で死んだ者はたぶんいない。世代的なことだけではなく、戦争は私たちにはどこか遠い。

私は左側の廻廊に何枚も架けられた焼け野原の東京の写真と、その絵解きを見て歩いた。福田律郎の「終と始」に描かれた、「木の根っこのような」遺体がいくつも写っていた。

正面の祭壇の奥には巨大な位牌が二つ並んでいる。おそらくひとつは大震災で、もうひとつは東京空襲で命を落とした御霊《みたま》を祭っているのだろう。位牌の後ろの壁の向こうが納骨堂のはずだ。

賽銭箱に小銭を投げ入れて、私は線香を一本取った。蠟燭の火でそれを薫《た》いて灰の上に立て、祭壇に向かって合掌した。

右側の廻廊の上には大空襲と大震災の惨状を描いた二百号くらいの絵が七、八枚架けられている。経年変化でくすんでいるが、どの絵も赤黒い炎が渦を巻き、人々を呑みこんでいる。絵の下にはそれぞれ説明文が書きこまれていて、その中のひとつにこんな文章があった。

百数十ヶ所から火を発して延焼をはじめ　風の方向がしばしば変わるので　何処を目当てに避難してよいか判らぬ群集で道路は一ぱいになり　ただ右往左往するうちに　煙に巻かれ　躓いて倒れ　押しよせる避難者はそれを踏越え〳〵ている間に　親は子を失い　夫は妻と離れ　落伍して命を失った人々は莫大な数であった

5

翌朝の十時、約束通り私の携帯に山岸さんから電話がかかって来た。私はちょうど表へ出て車に乗り込むところだった。

「今、市川駅に着きました。まだホームなんだけれど、どうしたらいいのかしら……」

山岸さんは歩きながら話しているようだ。私もシートベルトを締めながら、

「改札を出たら右側に行って、北口のロータリーにいてください。これから出ますから。たぶん五分もかからないと思う」

そう言って電話を切り、エンジンをかけた。

校正作業は思いのほか時間がかかった。私が声に出して読み、最低限ここだけは直してほしいと赤字を入れておいたところを二人で検討し、決まった修正内容を新しいゲラに書きうつしていく。私が赤字を入れておいたゲラはカラーコピーを撮って事前に送っていて、彼女は彼女でそれに自分が直したいところに書き込みをしていた。二人の意見が喰い違うと、だいたい私が押し切った。加筆するところはその場で文章を考えてもらうから、それに時間がかかった。

私の家のダイニングテーブルに並んで、二人はそんなことをしていた。妻は昨日から数年ぶりに風邪をひいて辛そうだったので、出てこなくていいからと、二階にいるよう朝のうちに言っておいた。

ふと時計を見ると十二時を回っていた。四章あるうちの、一章もまだ終わっていない。

「ああ、もうこんな時間か。ファミレス行ってメシでも喰おう」

私がそう言って、二人で家を出た。

車で五、六分の和食のファミリーレストランへ入った。席に案内されて坐るなり、

「寒いねえ、今日は」

「寒いわねえ」

二人してそう言った。明るく広々とした店内はあまり暖房が効いていなかった。オーダーは

決まったと言うので店員を呼ぶと、山岸さんが天せいろのそばを注文するので、

「え、せいろ」

私は思わず訊き返してしまった。先ほど寒い寒いと口を揃えていたので、

「せいろでいいの？」

と訊くと、

「うん。せいろがいいの」

と彼女はこたえた。中年女性の店員まで、冷たいおそばでよろしいんですね、と念を押していった。

「あのさあ、山岸さんむかしご主人のお父さんが墓地で焼身自殺した話書いていたじゃない。あれは本当の話？」

事実であることは知っていたが、そんなところから話を始めてみようと私は思っていた。本当に聞きたいことは別にあった。山岸さんは少し驚いたような、あきれた顔をして、

「アンタよくそんなこと覚えているわねえ。書いた本人だってどうかしたら忘れてしまいそうなこと」

彼女がその作品を雑誌に載せて私が読んだのは、もう三十五年くらい前のことである。

「覚えているさ」

「そうよね。アナタ記憶力いいものね」

彼女はその義父のことを少し語り始めた。

店は持たず、ハサミ一本をたよりに渡り歩く、腕利きのテーラーだったそうだ。どこか壮絶で、職人気質の、古い、不器用な、見栄坊の、孤独な男の姿が私の中で浮かび上がってきたが、今はその話に深入りする余裕はなかった。

私の天井と小うどんのセットと、山岸さんの天せいろが運ばれてきた。山岸さんの口が少し滑らかになったところで、私は本当に訊きたかったことを口にしてみた。

「前の小説でねえ、アナタ八百屋のオカアサンのこと刺そうと思って刺せなかった、それで自分の手首を切ったって書いていたでしょ。あれはホント?」

いくら思春期のころのこととはいえ、私には、山岸さんと自殺というのがどうしても結びつかなかった。

一瞬はっとした表情を見せた山岸さんは、すぐに落ちついた真面目な顔付きになって、何も言わずに何度か頷いた。私はすかさず、

「それはいつごろのこと? 中学生のとき?」

山岸さんは、

「うーん……」

と言って少し考えながら、

「たぶん小学六年のとき。そう、六年生のときだわ。子どもだったからね、動脈なんてわからないし……」

「傷は浅かったわけだ」

「『オマエはこのワタシの顔に泥を塗る気か』って、オカアサン鬼のような顔して怒ってね」

そのころ彼女が読んだ本の物語に、ある教師が周囲から「アカ」だと疑われ辞めさせられそうになると、先生を慕う子どもたちが血判状を作って嘆願、抗議する場面があったそうだ。

「それがすごく印象的っていうか、衝撃でね。こういうやり方があるんだって思ったのよ」

子どもの力ではどうにもならない、大人には理解してもらえない、しかしどうにかして動かしたい、そう考えたとき、自らの血をもって訴えるという手段を彼女は講じたわけだ。小学六年生の少女としては、精一杯の覚悟だったに違いない。彼女が本当に訴えたかったのは、たぶん得体のしれない憤怒だったのだが、それが直截的に、養母への憎悪という形に短絡化されたのではないだろうか。

「ねえ、アナタこれ食べない?」

海老の天ぷらだった。

「いいよ、アナタ食べなさいよ」

「わたしもう食べたのよ、二本あったの。箸付けてないから、ね、食べてよ」

私の天丼にも海老は二本のっていた。三本となるとメタボの躰にはよろしくないのだが、こういう場合はしかたがない。Kさんなら、やっぱり海老から喰いはじめるのだろうなあと思いながら、山岸さんの海老に箸をのばした。

もう三十五年くらい前になるが、合評か何かのあと、同人の何人かで飲みに行こうとなったが、私には持ち合わせがなかった。山岸さんは、

「いいわよそんなこと、気にすることないわ」

そう言って奢ってくれたことがある。彼女はつまみがテーブルに運ばれてくると、いつも自分が箸をつける前に、

「ほら、アンタ食べなさいよ」

と言って、私の前へ皿を押すのだった。

私はそんなことを懐かしく思い出していた。

気楽な会話のつもりで、

「お母さんの形見のハガキ、まだ持っているの？」

私はそう訊いた。彼女の生母が、山岸さんを高崎へ出してから義弟に出した一通の葉書のことだ。はじめて自分の生い立ちについて聞かされたとき、叔父が母親の形見として彼女に手渡したものだった。山岸さんはもちろん生母の顔も声も知らない。写真ですら見たことはないようだ。生母の肉筆のその葉書が、生母を忍ぶ唯一のよすがだと言ってもいいのだ。

「……」

山岸さんはこちらを見ずに首を振った。

「どこかに紛れちゃったの？」

「……」

彼女はまた首を振った。

「なに、なくしちゃったの」

私が繰り返し訊くと、彼女は少し苛ついたように、

「とっくのむかしに破り捨てたわよ」

「破った……」

私は驚いて思わず口にした。

「あのねえ、そんなものたよりにしてたら、生きちゃいけなかったのよ、わたしは」

どこか吐き捨てるようにそう言った。そこには彼女の紛れもない憤怒があった。私ははっとした。勝手に彼女の人生に向き合っているつもりで、彼女の抱えてきた深い傷を少しも理解していなかったことに気付かされたと思った。

知ったふうなつもりでいた自分が恥ずかしかった。


校正は四章のうち三章までしか終わらなかった。

「ねえ、何時までいいの？」

三章まで終わったところで彼女がそう訊くので時計を見ると、もう五時半だった。山岸さんは夕飯の支度をしなくてはならないのだろうし、私も風邪をひいた妻を車に乗せて買い物に行く予定だった。四章は後日日を改めてということにして、今日は終わりにすることにした。

山岸さんは私に礼を言いながらそそくさと帰り支度をし、二人で玄関を出た。妻は最後まで出てこなかった。

私たちは車に乗って市川駅へ向かった。市川から千葉までは快速に乗れば二十分ちょっとだが、山岸さんのお宅までは、千葉駅からバスに乗って三、四十分かかるそうだ。

窓の外は薄暮だった。二人とも何か放心したように黙っていた。京成線の踏切の遮断機が下りて、赤い灯が交互に点滅していた。私は軽く息を吐き、山岸さんの横顔に眼を移した。

七十を過ぎた山岸さんは、いまだに野はらもはやしも雪に覆われ、まるで酵母のふうの朧な白い世界の中を彷徨っているように見えた。たよりになるのは、と私は思う。たよりになるのは、結局あなた自身しかいないのだ。そんなことは彼女が彼女自身にずっと言い続けてきたことに違いないが、私はいま、敢えてそう伝えたかった。

愚直でいい。真摯に向き合って書き続けていれば、きっと何かが見えてくる。そんな中で、あなたの心の澱に潜《ひそ》む憤怒はやがて溶解していくかもしれない。この世に生をうけ、こうして生き残っている以上、残された時間は、そうして己の人生の後始末をしていくほかはない。

私はそんなことを考えていた。皆同じことだ。私の眼前に映る景色も、雪ばかりだった。

からたち

からたちの花

からたちの花が咲いたよ。
白い白い花が咲いたよ。

からたちのとげはいたいよ。
青い青い針のとげだよ。

からたちは畑《はた》の垣根よ。
いつもいつもとほる道だよ。

からたちも秋はみのるよ。

まろいまろい金《きん》のたまだよ。
からたちのそばで泣いたよ。
みんなみんなやさしかつたよ。
からたちの花が咲いたよ。
白い白い花が咲いたよ。

（北原白秋『子供の村』）

1

かかかからたちはカウンターだけの小さな店だった。文夫がその店に通うようになってかれこれ十年ちょっとになる。訪れるのはせいぜい二、三か月に一度くらいだから常連客とはいえないだろう。だが年に数度とはいえ、十年以上ママの映子とカウンター越しに向き合って、それなりに会話を交わしてきたことにはなる。五十も半ばを過ぎる年齢になれば、月日の流れそのものに情感を揺さぶる何かが蠢いて、同年代の映子を相手にしみじみと話をしたいと思うこともある。しかし、映子はそんな彼の気分に応えてくれる人ではなかった。話が少し立ち入ると、身をかわすようにふっとそっぽを向いてしまうのだ。

身の上話といったものを、文夫は映子の口から聞いたことがない。情の薄い人だと思うこともあるが、それがこの人のいいところなのかもしれない、とも文夫は思う。あっさりとした素気なさに、むしろ映子の生き方の真実味を感じるのかもしれない。

「アナタは不思議な人だ」

参ったというふうに文夫が口にすると、

「つまらない女よ、わたしなんて」

和服姿の映子は口元に薄ら笑いを浮かべ、自嘲的にこたえる。そんな口調には、どこか淑やかな趣もあるのだった。

映子には面白い取り柄があった。文夫が店へ行くと、彼女はきまって最後におむすびを結んでくれるのだが、そのおむすびがえも言われぬ味で、文夫を惹きつけるのである。あのおむすびが食べたくなったナ、……そんなことを思って店に足を運んだこともあるくらいだ。

「やっぱり旨いナ。なんでだろう」

ある晩、味わうようにおむすびを食べ終えると、映子の出してくれた茶を啜りながら文夫はそう呟いた。

具材も海苔も別段変わったものを使っているようではない。米の良し悪しなど、そもそも文夫にはわからなかった。舌が感じる味覚とはきっと違うものなのだ。

映子が少し顔を伏せ気味にしたまま黙っているので、

「優しさ、かな。アナタの」

文夫はわざとふんだん使ったこともないような言葉を口に出して、下から映子の表情を覗きこんだ。映子は鼻で息を吐くと、ふふっというような笑みを幽《かすか》かに浮かべた。

文夫がはじめてからたちに来たのは、竹田に連れられてだった。竹田はそのころ文夫が勤めていた会社に出入りする下請け業者の社長だった。出入り業者の誘いにはあまり応じないようにしていたから、文夫が竹田と二人きりで飲んだのはたぶんその一度きりだ。

文夫の勤めていた小さな会社では、忘年会とか新年会といった社内行事に下請け業者の担当者を招待することがあり、その年の新年会には竹田が呼ばれ文夫の隣りに坐ったのだ。文夫は竹田とはテンポが合うので、かなりの量の仕事を以前から出していた。竹田もひと回り歳下の文夫を信頼しているようだった。仕事の上では、二人はかなり濃密な関係だった。

「今日はご馳走様でした。よかったら一軒だけ行きませんか」

会が終わると竹田が誘ってきた。

「じゃあ、少しだけ」

この日は文夫も応じることにした。

タクシーに乗って連れて行かれたのがからたちだった。

五人も坐ればいっぱいになりそうな店内に客は誰もいなかった。わざわざ人を連れて来るにしては、ママの映子とさして親しげでもなく、どことなく場馴れしない竹田の不器用さを文夫は感じた。竹田は仕事一筋の叩き上げの社長だ。ゴルフもやらなければ酒もあまり強くない。実直な人柄で信頼を得て来た人なのだと、文夫は好意的にとらえた。

それから一年もたたぬうちに竹田は死んだ。

大きな河に沿って広がる公園の木に縄をかけて、彼は縊首《いしゅ》したのだ。夏の終わりの、明け方のことだったらしい。
二、三日のうちにいくつかの話が文夫の耳に入ってきた。竹田は一年くらい前にかなりの額の不渡りにかかっていた。そのことは文夫も竹田の口から聞いた覚えがあるが、仕事は支障なく回っていたので、何とかしたのだろうと都合よく考え、忘れていた。だが実際は街金や闇金などにも竹田は手を出して、どうしようもない額に借金は膨れ上がっていたようだ。
社員の給与は払い続けていたが、税金のほか年金や保険料を未払いにしていたことから、状況は社員たちに知られることになる。社員の一人に素性の悪い男が一人いて、彼が竹田を恫喝して実印を取り上げると、実質的に会社を牛耳ることになる。その男は計画倒産を企て、まず毎月かなりの額になる機械のリース料を半年間ジャンプするよう竹田に交渉させた。その上で顧客にはなにくわぬ顔で仕事を取り続けるように指示する。倒産の決行日はリース料が再び発生する日と定め、前日の夜中に社員全員で運び出せるものは運び出し、竹田だけを外して新会社をつくるつもりでそのための工場も借りていた。

竹田が縊首したのは、社員たちが夜中に資材を運び出した日の明け方だった。

どこまで本当なのかはっきりしないが、文夫の聞いた話をつなぎ合わせるとそんな顛末になるのだった。確かに後になって考えてみると、この半年くらいの間に思い当たることがいくつか文夫にもあった。

竹田が縊死してひと月かふた月かしたころ、文夫はふと思いついてからたちへ一人で行ってみた。少しでも竹田に縁《ゆかり》のあるところといえば、からたちくらいしか思い浮かばなかった。

やはり映子は竹田の事件のことを何も知らなかった。彼女によると、文夫を連れてくる以前に竹田が店を訪れたのは三度くらいだという。誰かの紹介というのではなく、一人でふらりと入って来たのだ。こんな店に通い馴れているふうもなく、どちらかといえば口数の少ない人だからあまり話もしなかった。それでも自分から名刺を出し、そのうち顧客を連れてくるかもしれないから、そのときはよろしく頼むと、ウィスキーのボトルを入れて帰ったそうだ。

「それから二度くらい一人でいらして……、そう、わたしにも飲み物すすめてくれてね。真面目な人っていう印象くらいよ、わたしが覚えているのは」

そんな話だった。

映子は棚から竹田のボトルを探しておろし、
と文夫と自分の分と二つ水割りを作った。二人で献杯すると、

「献杯しましょ」

「このボトルあとはアナタが飲んでね、きっと供養になるわ」

映子は、そう言った。

その夜、文夫は映子の結んでくれたおむすびをはじめて食べた。

映子はいつも和装だった。着物のことは何もわからないが、文夫の眼には高価なものを着ているというふうには見えなかった。グラスやアイスペールなどの食器や調度もごくふつうで、

小奇麗に整理はしているが、何か映子の趣味なりこだわりが表れているようなところは見当たらない。どちらかというと質素で、古いものを大事に使うといった映子の日常の習慣が、おちついた丁寧な所作に覗いて見えるような気がした。

「あれは……」

カウンター内の隅に据えられた棚の上に、鎌倉彫らしい持ち手のついた手鏡が伏せて置いてあるのが眼に入って、文夫は声に出した。

「鎌倉彫だね」

「そうね」

象牙色の薔薇らしい花のあしらわれた柄だった。いい物に見えたので見せてよというように手を伸ばしたが、映子は素知らぬふうで取ろうとはしない。きっと鏡は大切なもので、他人に触れられたくないのだろう。文夫はそう察して手を引っ込めた。こういう物を大切に扱う人なのだろうなと、文夫は思った。

からたちへ行くようになって五年くらいたったころ、文夫は二十数年間勤めた会社を辞めて独立することになった。会社の中ではそれなりの責任ある立場になっていたが、そうなればなるほどオーナー社長との関係は険悪になった。バブル経済崩壊後の失われた二十年の間に、文夫が属する業界も構造的といえる不況に喘いでいて、会社の業績も右肩下がりだった。文夫のような立場の者から報酬カットが始まっていたが、子どもたちの進学はこれから数珠つなぎだった。さらに住宅ローンの残っている自宅は祖父の代から借りている土地に建てたもので、二十年に一度の更新が数年後に控えている。文夫の家の経済はあと数年で破たんする状態だった。何とかなるさと高をくくっていた楽天的な文夫も、さすがに打開策を考えねばならなくなった。

結局独立するしか道はなさそうだった。精神的にかなり重圧のかかった時期もあったが、いったん覚悟を決めてしまうと、何か憑き物が落ちたように開き直った気分になれた。

そのころ、文夫は竹田が五年前に縊死したという公園へ行ってみた。徐々に整備を進めている大きな公園だった。ヒノキや柳やポプラなどは植樹したものだろうが、まだ整備されていない雑木林や民有地の田畑が木々の間から思いがけず見えたりした。もともと大半が湿地だったところを埋め立てて造った公園のようだ。

車を運転しない竹田は、三輪バイクである木の下まで来て、その枝に縄をかけたそうだ。それがどの木なのか文夫にはわからない。もしかしたら、自分も同じ末路を辿ることになるのかもしれないと思いながら、文夫は木々の太い枝を見上げて歩いた。

数か月前に文夫の父親が急逝していた。死がずいぶん身近なものになった気がした。いつ訪れるのかはわからないが、確実に死に向かって歩を進めているのだという実感を、文夫はそのころから持つようになった。

独立後も、文夫は二、三か月に一度くらいの頻度で、からたちに通っていた。

店はいつもすいていた。文夫を含めて三人も客がいると、今夜は混んでいるなと感じるくらいだ。文夫一人だけという日もあった。この店の客は皆おとなしい。声高に話をしたり、泥酔したり、酔って絡むという者はまずいない。映子も無口なうえカラオケも置いていないので、陽気な男が知らずに入って来たら、なんだなんだこの店はお通夜みたいじゃないかと言うかもしれないナ、文夫はそんなことを想像して、グラスを口に運びながら苦笑いを浮かべたりした。彼はウィスキーの薄い水割りを何杯か飲み、そして最後に映子の結んでくれるおむすびを、茶を啜りながらゆっくりと食べた。その時間は彼を和ませた。映子は相変わらずあっさりと素気なかった。

　文夫の興した小さな会社は最初の三年くらいまではなんとかトントンで回っていたが、その後は赤字続きで額も年々増えていた。文夫がやろうとしていたのは初めから隙間仕事だったが、少ない仕事を多数の業者が奪い合う時代では、隙間はしだいになくなっていく。どの会社や組織も社員や職員への締めつけが厳しく、人間関係で仕事を取るということが難しくなってきた。

　文夫の眼にはこの十年くらいの社会の変化が、建前ばかりの正論に、有無を言わさず人々を押し込んでいく窮屈な世界をつくっているように見えた。そんな息苦しい世の中に喰らいついて行こうという気に、文夫はなれない。どこか厭世的な気分で、渦中に入ろうとはせず外側から眺める人になってしまう。経営者がそんなことではいけないと思うのだが、しゃにむに営業をする気力は持てなかった。

文夫は会社をつくるとすぐに社を受け取り人とする生命保険に入っていた。自分に万一のことがあった場合の会社の整理の仕方は、税理士に細かく話してある。勤めていた会社を辞めるときに引き抜いた二人の社員と、事務をまかせることになった妻にも、そのときは万事税理士の指示に従うよう伝えてある。最後は首を括ればいいのだという考えが、むしろ彼を深刻さから遠ざけ、気楽な気持ちにさせているのだった。

竹田が死んだ一年後に、彼の妻も後を追うように縊首したという話を文夫は聞いている。竹田の妻は確か文夫と同い齢だった。竹田夫婦には成人した息子が二人いたはずだが、彼らが今どうしているのか、文夫は知らない。

文夫はいつの間にか、竹田が死んだ歳を追い抜いていた。

久しぶりに映子の店に行こうと思った。少し前に仕事でのトラブルがあった。会社が損害を被るようなことではなかったが、顧客との折衝の中で気の滅入るようなことが少し続いた。文夫はまた厭世的な気分になったがようやくそれも薄らいでいた。

その日仕事が終わると、文夫は会社の近くの立ち呑み屋に寄り、つまみを幾品か頼んで焼酎のハイボールを何か杯飲んだ。その店はいつ来てもサラリーマンでごった返していた。耳に入ってくるのは上司や同僚の悪口ばかりだ。最近はそんな中に女子社員の姿もかなり混じっている。彼女たちも立ったまま焼き鳥を齧り、ビールを飲みながら男たちに負けじと上司の悪口を言ってウサを晴らしているようだった。

文夫は三十分もいると適度に酔って空腹もいい具合におさまった。

店を出れば駅まではすぐだ。改札を抜けエスカレーターでホームまで上がり、家に帰るのとは逆方向に向かう電車に乗った。からたちは文夫の家とは都心部を挟んで反対側の郊外にある。だからからたちに行くときはいつもわざわざなのだ。その感じが文夫を少し浮き立った気分にさせるところもある。連れない映子を相手に何を話そうかと、電車の中で考えるのもいい退屈しのぎになった。

最寄駅に着いたのは七時過ぎだった。映子はいつも六時ころから店を開けているらしい。文夫は仕舞《しも》た屋と商店が交互に並ぶような小道を歩きながら夜気を吸った。木蓮や桜は終わり、これからさまざまな樹木に花が咲き始めるころだ。ところどころ、塀の上から歩道に張りだした庭木の若葉が、外灯の光りを受けて艶やかに見えた。

十分たらずでからたちに着いた。だが、文夫が店のドアを引こうとすると鍵がかかっていて開かない。そういえばいつも薄明りの漏れている小窓が今夜は暗かったし、看板も出ていなかった。十数年からたちに通って、店が閉まっていたのは初めてだった。たまたま急用があっての休みなのかもしれないが、文夫には違うような気がする。

しかたなく、文夫は駅の方へ踵を返した。いつも閑散としていた店内と、自分のことは何も語ろうとしない映子のことを思った。考えてみると、映子のことを文夫は何も知らない。どこか寂しげな映子の人生に、文夫は少しも触れることができなかった。

映子にははじめから父親がいなかった。だが、物心がついてから二度くらい、もしかしたらこの人が父親なのかもしれないという男に彼女は逢っている。

一度はデパートで何か買い物をしたあと、最上階のレストランに入って母とその男と映子の三人で食事をしたのだ。そのときはじめて食べたお子様ランチの印象が、彼女には鮮明に残っている。ケチャップであえた赤いチキンライスの小山の頂に、日の丸の旗がささっていた。それが何か特別な日の記念のようで、少女を浮き浮きさせたのだ。父親というより祖父といった方が似つかわしい年齢なのかもしれないが、映子はその男の眼に、どことなく親しみを感じたのだった。

2

二度目は遊園地とバラ園が一緒になったような公園ではなかったかと思う。芝生の上の小さな日陰に新聞紙を敷いて、母の作ったおむすびを三人で食べたのを覚えている。母と男はあまり喋らず、三人は黙ったまま、よく日のあたる花壇の花を眺めていた。バラを見ながら少し歩いたとき、男は花壇に近寄ると枝の棘を一つ抓み、折るようにしてむしり取った。そして枝についていた平たい部分を舌で舐め、映子の鼻に押しつける。すると棘は簡単に映子の鼻に貼りつくのだ。そんな遊びを知らなかった映子は思わず笑った。鼻の頭に棘のついた自分の顔を鏡に映して見てみたかった。棘の生えた自分が強くなったような気がした。

映子が男と逢ったのは、幼児期のその二度だけである。

小学校へ通いはじめても、映子は父親のいないことを疑問に思ったり、不満に感じたりはしなかった。母は毎日勤めに出ているから鍵っ子で、一人遊びが上手な映子は、アパートの部屋でたった一人のお人形さんごっこをすることが多かった。

映子の母親も静かな人だった。感情的に子どもを叱りつけたり折檻をするというような、閉鎖的な家庭にありがちな問題からこの母娘はうまく逃れていた。だが映子には、母に抱きしめられたという記憶もないのだった。

思春期になると、映子は、幼児期に二度逢った初老の男が自分の父親であることに疑いをもたなくなっていたが、その男について母親にあれこれ尋ねることはしなかった。男にはきっと別の家庭があるだろうことは容易に想像できたし、仮に母が父について何かを語るとか、もう一度彼と逢うことになれば、幼児のころには気づかなかった父親の嫌な面を知ってしまう気がして、躊躇したのかもしれない。映子には、優しい眼をした男の記憶が残っているからそれだけでいい。彼女はそう自分に言い聞かせた。

物事の本質めいたものが、自然に見えてしまう鋭さを映子は子どものころから持っていた。

それは直感というより、もう少しロジカルな洞察力だった。

高校生のある時期になって、映子はほとんど学校へ行かなくなった。特別に行きたくない理由があったわけではない。いつものように制服を着て、母の作ってくれた弁当を持ってアパートを出るのだが、彼女の足の向くのは学校とは別の方向だった。

そんなふうになって一、二週間したころ、映子と母親は呼び出されて担任の教師と会うことになった。夕方の遅い時刻だった。学校の近くまで来ると急に具合が悪くなるのだと映子が嘘を言うと、まだ若い女教師は怪訝な顔を母親に向けた。母親はあまり表情を変えずに、はぐらかすような物言いをした。

学校を出て二人きりになっても、映子を責めるようなことを母は何も言わない。きっといろいろと訊かれるだろうと言い訳を考えていたのに、拍子抜けしてしまうくらいだった。

母親は、住宅地の小さな中華食堂の前まで来ると、夕飯を食べて行こうと娘をうながして引戸を開けた。彼女は映子と向き合いながら一人でビールを飲み、煙草を吸った。アパートの部屋の中ではそんなことをしないから、映子は母親が酒を飲むとか、煙草を吸う姿をこれまであまり見たことがない。母親の生きている世間の厳しさが、映子には少し見える気がするのだった。だからかもしれない。母親の化粧が近ごろ入念になっていることに気付いている映子は、そのことにも別段嫌悪を抱くことはなかった。

それからも、映子はほとんど学校へは行かなかった。彼女は毎日、アパートから歩いて三、四十分の大きな公園へ行くのだ。その公園には林や芝生の広場や大きな池があり、それを巡る小径のところどころにベンチが据えられている。平日の午前でもちらほらと人の姿があった。ただ散歩をしているだけの老人ばかりではなく、いわゆるホームレス風の男や、きちんとした身なりでトランペットを吹いている青年もいた。午後になると車に積んできたドラムを駐車場に降ろし、派手な音を立てて叩きはじめる若者がいるかと思えば、脚に鎖をつけた鷹や梟などの猛禽類を連れて来る初老の夫婦もいた。大の大人が数人、池でザリガニ釣りに熱中する姿もあった。皆どこか世間から疎まれ、堅苦しい世界を少しはみ出た人々のように、映子の眼には映った。世の中にはこんなふうに生きている人もいるのだ、と映子はどことなく新鮮な気分になって、同じ時空の中にいる自分を見つめていた。映子の負った荷が、少し軽くなる気がするのだった。

そんな映子にある男が声を掛けてきたのは、彼女が公園に通うようになって二、三週間のころだった。それまでに何度も公園で見かけていた、三十後半くらいの男だ。たいてい棉パンに襟のついたシャツを着、その上に薄手のジャケットといういでたちでベンチに坐り、本を開いていることが多かった。

躊躇するふうもなくいきなり声をかけてきた男は、映子のことについてほとんど何も聞かぬうちに、自分の持ち物のアパートに空き部屋があるから、よかったらそこを使ってもいいと言ってきた。初めは何を言っているのか意味がわからなかったが、非常識ともとれる馴れ馴れしさが映子の心を突いた。

映子は何もないがらんとした畳の上に寝ころぶと、両手を上げて大きく伸びをした。躰のすみずみに巡っていく血の流れが、耳の奥で響いた。頭の中に、何か新しい世界が広がっていくようだった。

彼女は公園に行ったあと、その部屋へ寄るようになった。自分の部屋から少しずつ荷物を運び込んだりもした。一週間がたったころ、映子は手紙を残して母親と暮らすアパートを一人で出た。ある人が面倒を見てくれることになった。心配しなくていいから好きにさせてほしいというようなことを手紙には書いた。

高橋恭介というのが男の名前だった。代々続く地主農家の息子で、父親から何棟かのアパートと駐車場を譲り受け、その家賃収入だけで十分暮らしていけるから仕事は何もしていないという。彼は自分の持ち物であるアパートの一室で、気ままなひとり暮らしをしているのだった。恭介は映子のために蒲団をひと揃え買って部屋へ運び入れてくれた。その他に中古の家具もいくつか実家の納屋から持って来た。ときどき不要な家具を置いてアパートを出て行く者がいて、程度の良い物は実家の納屋へ放り込んでおくのだそうだ。

恭介は不思議な男だった。映子のためにそんなことまでして、本人は今まで通り自分の部屋で気ままな暮らしを続けている。もっとも彼のアパートは歩いて二、三分の近所だから一日おきくらいに様子を見にやって来る。だが、戸口に立ったまま声をかけるくらいでずかずか部屋へ上がって来るようなことはしない。むしろ話し相手のほしい映子の方が引きとめて、中に入るように勧めるのだった。映子が恭介の部屋を訪ねることもあった。本棚から適当に本を抜き取って退屈しのぎに借りて読んだりした。

関係ができてからも、恭介は映子の部屋へ泊ったり、自分の部屋に映子を泊めたりすることはなかった。独りでいるのが好きな男で、所帯じみたこともきっと嫌いなのだと映子は思った。映子も子どものころから一人遊びの好きな子で、そんなところは似ている気がした。

映子は恭介の紹介で喫茶店でアルバイトをするようになった。ようやく一人暮らしに慣れてきたころ、彼女は一度だけ母と暮らしていたアパートへ行ってみたことがある。母親は勤めに出て不在のはずの時刻だったが、部屋の中を見ればその後の母の様子が少しはわかる気がしたのだ。だが、鍵を回して玄関の戸を開くと、部屋の中はもぬけの殻になっていた。

映子は不意を突かれたが、それ程ショックでもなかった。もしかしたら母親は恭介の存在を知っていたのかもしれない。映子と母親が棲んでいたアパートは、実はこの町に分家筋の多い高橋一族のどこかの家の家作だったらしい。映子は物心ついたときからその部屋で暮らしていたのだが、恭介は十数年前のそのころから、映子や母親をたまに見かけていたのだという。だから恭介の側では、公園に毎日やって来る映子がどこの誰なのか知っていたことになる。母娘ふたり暮らしの事情も、人づてに耳にしていたのかもしれない。あまり詳しくは話さないが、少しずつ恭介からそんな話を映子は聞いていた。

母親は映子が高橋一族の一人である恭介の世話になっていることを知って、この町を出て行ったのではないか。そうしてどこかで誰かと新しい暮らしを始めているのではないか。映子にはそんな気がするのだった。

喫茶店で働いていた映子は、店の常連客の誘いで酒場勤めをするようになった。まだ十七なので、あまり目立たぬように週に三日だけ、十一時までという約束だった。恭介には隠さずに話したが、映子の決めたことには何も言わなかった。それからも、映子のすることにいちいち口を出すようなことを彼はしない。映子の働く店に飲みに来ることもなかった。

以来数十年、映子と恭介のつかず離れずの関係は続いている。経済的にある程度の援助を恭介はしていて、そういう意味で恭介はずっと映子の庇護者だったということになる。

もうすぐ三十になろうというころだった。映子はその当事働いていた店のママに着物を何枚か貰った。

「映子ちゃんは和服が似合うと思うのよね」

ママはそんなことを言った。水商売の女には勝気な者が多い。葛藤を辞さない女たちの中で、淡白な映子は目立たぬようじっと控えている。余計なことを言うとか、うっかり口を滑らせるということもない。無口でおちついた性格が、店のママを安心させ、気を惹くらしかった。器量が優れているともいえない映子には、気の利いた話術もなく、情も薄いのだが、それでもそんな静かな彼女を贔屓にする客が、どの店にいたときにも必ず数人はいた。

着付け教室に通い始めたころ、映子は恭介と二人で鎌倉へ行ったことがあった。駅前から続く参道の桜はほとんど散っていた。八幡さまの中を少しぶらついてから、清泉小の脇の小道を通って荏柄天神社《えがらてんじんじゃ》に寄り、鎌倉宮まで歩いた。路地裏の住宅の中には生垣の家がときどきある。見たことのない白い五弁の花が眼に入って立ち止まると、それはからたちの花だと恭介が教えてくれた。恭介の従兄弟の家も、同じ木を生垣にしているそうだ。へえ、と映子は言った。やはり初めて見る花だと思った。童謡の「からたちの花」とか、島倉千代子の「からたち日記」など歌にもなっているにしては、あまりぱっとしない花のように見えた。映子にはからたちの白い花より、むしろその枝の鋭い棘が印象に残った。それはまさしく太い針のような、青い棘だった。

鎌倉宮まで行くと、二人はバス通りを歩いて駅まで戻ることにした。八幡宮の参道に並ぶ土産物屋を何件かのぞいたが、その中に鎌倉彫の民芸品店があった。映子が着付け教室に通い始めたことを知っている恭介は、合わせ鏡にと、薔薇の花に錆漆《さびうるし》を塗った手付きの姫鏡を買ってくれた。

それからしばらくして、映子は恭介の親戚だという家のからたちの垣根を見に行った。時候は穀雨だが雨は降っていない。十数メートル続く生垣に花は一つも残っていなかった。

映子は珊瑚のように枝をのばす木の、長い棘の先端を指で軽く触れたみた。痛いっ、と思わず手を引くほど、針先は鋭く尖っていた。今度は親指と人差し指の腹で長い針を抓むように挟んで爪を立ててみる。それは不敵なほど固かった。映子はまじまじとからたちの枝を見た。まだ若い枝と棘が、古い枝のあちこちからのびている。枝の断面は丸くなく歪《いびつ》な三角形のようだ。薄い緑色の若い枝や棘は触れてみるとまだ柔らかい。色といい形といい茎わかめのようだと映子は思った。花弁の散ったがくの根元には、産毛の生えたまだ小さい実が、丸くふくらんでいた。

その木を見ながら映子はゆっくりと垣根を辿《たど》った。ところどころに枯れたような枝があって、そういう枝は白骨化したように白茶けている。しばらく行くとすべての枝が白骨化して枯れている木があった。まるで白珊瑚のようでもあり、生き物の骨のようにも見える。映子は手をのばして白い枝に触れる。親指に力を入れて押すと脆《もろ》くなった枝は簡単に折れた。映子は長い棘の部分にも同様に力を加えてみる。乾いた棘は、枝と同じようにポキリと折れた。

三十半ばを過ぎたころ、恭介が居抜きの物件を探して映子の店にと借りてくれた。人を使わず一人で気ままにできるよう、カウンターだけの小さな店を彼は選んでいた。映子もこんな小ぢんまりとした店なら、私でもできるかもしれないという気持ちになれた。彼女はゆっくりと店の中を歩いたり坐ったり見回したりと点検し、傷みの見える椅子だけは新しいものに入れ替え、あとはそのままでいいことにした。あまり考えずに、店の名はからたちにした。恭介はふうんと薄ら笑いを浮かべたが、何も言わなかった。

からたちには三日に上げずやって来るような客はいない。淡白な性格の映子は、ふつうの男の眼から見ると情の薄い掴みどころのない女に映る。だが、たまにはそんな映子と向き合って静かに飲みたいと思う者もいるらしい。彼らは皆何年も映子の店に通い続けてくれている。

あるとき、気まぐれに結んで出したおむすびをいたく気に入った男がいた。映子はほかの客にも同じことをしてみたが、思った以上に評判が良い。口に出して褒められなくても、表情を見ていればわかる。それまで働いてきた店で、おむすびをメニューにあげているようなところはなかった。生れてから一度も男と暮らしたことのない映子には、男の求めるものがよくわからないと感じることがある。さっきまで酒を飲んでいた大の男が、おむすびを喜ぶというのも映子にはどこか不思議だった。

「手を出してごらん」

そんなことを言う客がいた。映子よりかなり年嵩の初老の男だった。手相でも見るつもりなのだろうと男の顔の前に掌を広げると、彼はそれをまじまじと見たあと両手でつつみ込み、慈しむようにやさしく叩いた。

「この手がいいんだな」

感心したように男は言った。

「こういう形の手がいいんだ。おむすびを結ぶのには」

映子は意表を突かれて思わず顔を見返した。少し恥ずかしかった。色白の映子は手も白いが、どちらかというと指は短めで掌も少し厚い。不格好な手だと思っていたから指輪も嵌めたことがない。

それ以来、映子はときどき自分の手を見るようになった。おむすびを結ぶのに都合のいい手の形なんてあるのかしら？　何か男にからかわれたような気もするのだが、彼女のおむすびを美味しいと言ってくれる客はたしかにいるのだ。だからそんなことでも、褒められたら素直に受けとればいい。最近になってようやく、映子はそういう気持ちが持てるようになった。

映子と恭介が知り合ってかれこれ四十数年になる。基本的に二人の関係は、それだけの歳月がたっても何も変わっていない。互いに無欲で、相手に何かを期待するということがあまりないからかもしれない。二人の淡白な性格が、時間の経過とともに関係を濃密にしていくともいえるのだった。

桜の咲く前から、恭介は風邪を拗《こじ》らせていたらしい。そんなことを映子は知らなかったし、知っていたとしてもそれほど気にとめなかったかもしれない。恭介は肺炎に罹っていたのだが、かなり重篤になるまで本人は放置していたようだ。映子が店に出ているときに、彼は救急車で病院へ運ばれたのだった。翌日の昼間、病院の事務員から電話がかかってきて映子はようやくそのことを知った。身元引受人を求められて、恭介は映子の名を言ったそうだ。

病院へ見舞いに行くと、恭介は苦しそうに咳をしていた。無理をして笑顔を作るとか、礼を言うこともなかった。驚くほどやつれていた。

映子はほぼ毎日病院へ通った。恭介のところに来る見舞客は映子のほかにいない。

短い桜並木の遊歩道を通って映子は病院へ行く。桜は満開だった。その花が散る前に恭介は死んだ。初めて見舞いに行ったときから、映子は覚悟をしていた。

映子の服毒遺体が発見された日、いつか彼女が見に行った垣根にからたちの花が咲いていた。白い白い花だった。

あとがき

日本の近代文学の青年期を彩る詩人たちの、一篇の詩からヒントを得て短篇小説を書くということをこの数年やってきた。その拙作は私が席を置く小さな同人雑誌に発表してきたが、三年がたって九篇になったので、書下ろしの一篇を加え、「合わせ鏡」という総題をつけて短篇集にすることにした。合わせ鏡というのは女性が髪を結ったとき、襟足を確かめるために使う手鏡のことである。前の鏡には正面の顔と、ふだん眼にすることのない別の角度から見た顔と、ふたつの像が並んで映し出されることになる。

詩については門外漢でまるで詩心などない私が、なんでこんな仕事を始めたのか今となると自分でも不思議で無茶をしたものだと思うが、詩人たちが選りすぐった言葉を散文に生かすことができないか、というようなことを当初は考えていた。小説を書く上で、自分の持つ貧弱な語彙に限界を感じていたということかもしれない。いくつか自分でルールをつくり、その制約の中で小説を書くことで、短篇小説の修練をしようという意図もあった。

選んだ詩は、新しいものでも七、八十年前に書かれたものだが、そこで私が眼にした言葉は、今の時代になってもほとんど手垢のついていないものばかりだった。日本人が過去に置いて来てしまったもの、というようなことを私は同時に考えるようになった。その感慨は、この短篇集を通した底流に流れていると思う。

小説の師である尾高修也先生の知己を得て既に三十六年がたつ。先生は昨年傘寿を迎えられ、私はあと数年で還暦である。地に足の着いた小説の読み方、書き方というものを私は先生から学んだと思っている。先生はまた、二十歳そこそこの洟垂れ小僧だったころからの私を、どこかシニカルな眼で眺めていた人でもある。そういう視線を意識することが、きっと私の成長を支えてきたはずである。

この作品集を上梓するにあたり、あらためて先生に謝意を表したい。

二〇一八年六月

著　者

初出

秋刀魚　『こみゅにてぃ』93号（2015年7月）
乳母車　『こみゅにてぃ』94号（2015年11月）
悲しみ　『こみゅにてぃ』95号（2016年3月）
蝶夢　『こみゅにてぃ』96号（2016年7月）
朝の詩　『こみゅにてぃ』97号（2016年11月）
ランタンルージュ　『こみゅにてぃ』98号（2017年3月）
レモン　『こみゅにてぃ』99号（2017年7月）
蛇　『こみゅにてぃ』100号（2017年11月）
雪　『こみゅにてぃ』101号（2018年3月）
からたち　書き下ろし

エピグラフに引用した詩篇のうち著作権を有する作品については
日本文藝家協会を通じて著作権者の使用許諾を得ています

春木静哉（はるきせいや）

1960年千葉県市川市生れ。高校卒業後フリーター生活を経て印刷会社へ勤務。82年より『こみゅにてぃ』同人。20代後半からほぼ20年間読み書きから遠ざかるが、50歳を前に再び小説を書きはじめ『こみゅにてぃ』誌上に発表している。『脈動・同人誌作家作品選』、『水脈・同人誌作家作品選Ⅱ』（共にファーストワン刊）に「粕漬け」、「犬猫親子野辺の道行き」が収録されている。

合わせ鏡

二〇一八年　七月十一日　印刷
二〇一八年　七月十八日　発行

著　者　春木静哉
発行者　大春健一
発行所　株式会社 ファーストワン
東京都千代田区内神田一の一八の一一
東京ロイヤルプラザ　三一五号室
電話　〇三―三五一八―二八一一
郵便番号　一〇一―〇〇四七
印刷・製本　石塚印刷株式会社

定価はカバーに表示
乱丁・落丁本はお取り替えいたします。

SBN978-4-9910093-1-0 C0093